WINKLER
WELTLITERATUR

J. H. Bernardin de Saint-Pierre

Paul und Virginie

Winkler Verlag München

J. H. Bernardin de Saint-Pierre: Paul und Virginie. Nach der Übersetzung von Karl Eitner, Leipzig und Wien o. J.; Vorrede in der Übersetzung von J. M. Reichenecker, Reutlingen 1846. Mit den Illustrationen einer 1842 in Pforzheim erschienenen Ausgabe. Überarbeitet und mit Anmerkungen, Zeittafel und Nachwort herausgegeben von Arno Kappler.

ISBN 3-538-06612-7

Gestaltung: Meike Harms. Satz: Filmsatz Schröter GmbH, München. Druck und Bindung: Kösel, Kempten.
Printed in Germany

Vorrede des Verfassers

Bei diesem kleinen Werke hatte ich große Absichten im Auge. Ich bemühte mich, darin einen Boden und eine Natur zu schildern, die Europa fremd sind. Lange genug haben unsere Dichter ihre Liebenden an die Ufer der Bäche, auf Wiesen und unter den Schatten der Buchen versetzt; ich wollte sie an den Meeresufern, am Fuß der Felsen, im Schatten blühender Kokos-, Bananen- und Zitronenbäume wandeln lassen. Den übrigen Erdteilen fehlt nur ein Theokrit oder ein Vergil, um von ihnen wenigstens ebenso anziehende Schilderungen zu erhalten wie von unserem Erdteil. Zwar weiß ich wohl, daß denkende und gefühlvolle Reisende uns bezaubernde Beschreibungen über mehrere Südsee-Inseln geliefert haben; allein die Sitten ihrer Bewohner, und noch mehr die der Europäer, die dort landen, verderben nicht selten das Gemälde. Mein Wunsch hingegen war, mit der Schönheit der tropischen Natur die Sittenreinheit einer kleinen Gesellschaft zu vereinigen. Auch wollte ich die

Unumstößlichkeit mehrerer großen Wahrheiten darin darstellen; unter anderem diese, daß unser Glück darin besteht, der Natur und Tugend gemäß zu leben. Indessen brauchte ich nicht erst einen Roman zu dichten, um ein paar glückliche Familien zu schildern, und ich kann versichern, daß die, von welchen hier die Rede sein wird, wirklich gelebt haben und ihre Geschichte in den Hauptbegebenheiten wahr ist; mehrere Einwohner, die ich auf Ile-de-France kennenlernte, haben mir das bestätigt. Nur einige unbedeutende Umstände habe ich hinzugefügt, welche übrigens, sofern sie auf mich Bezug haben, ebenfalls wahr sind. Als ich vor einigen Jahren eine sehr unvollkommene Skizze dieser ländlichen Dichtung entworfen hatte, bat ich eine Dame, die in der großen Welt lebte, und einige ernste Männer, die sich von ihrem Getriebe fernhielten, um die Erlaubnis, ihnen den Entwurf vorzulesen; ich wollte den Eindruck sehen, den er auf Leser von so verschiedener Gemütsart machen würde, und hatte das Vergnügen, sie alle gerührt zu sehen.

Dies war das einzige Urteil, das ich darüber erhalten konnte; allein es genügte mir. Wie indessen manchmal mit einem geringen Talent ein großes Laster verbunden ist, so flößte auch mir dieser Erfolg die Eitelkeit ein, meinem Werk den Titel: „Gemälde der Natur“ zu geben. Glücklicherweise fiel mir aber ein, wie wenig ich noch mit der Natur selbst derjenigen Gegend bekannt war, in der ich lebte, und wie reich, mannigfaltig, lieblich, prachtvoll und unergründlich sie in Ländern ist, die ich nur als Reisender gesehen habe, auch wie sehr es mir noch an Scharfsinn, Geschmack und Ausdruck fehlt, um sie zu kennen und würdig zu schildern. – Ich gab daher diesen eitlen Vorsatz auf und faßte nun diesen schwachen Versuch, den das Publikum mit soviel Güte aufgenommen hat, unter der Benennung: „Ergebnis meiner Naturstudien“; damit dieser Titel, wenn er ihm mein geringes Talent ins Gedächtnis führt, es jederzeit auch an seine Nachsicht erinnern möchte.

W. Hessloehl Sculpsit.

E.D.Schuler sc.

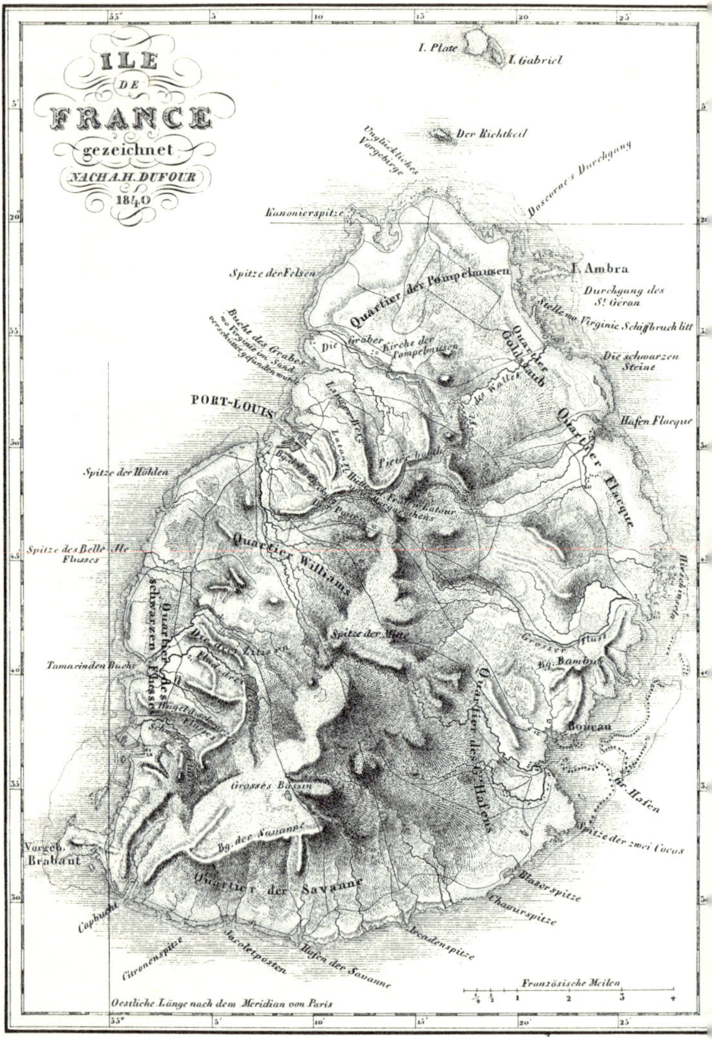
ILE DE FRANCE
gezeichnet
NACH A.H. DUFOUR
1840
I. Plate
I. Gabriel
Der Richtkeil
Unglückliches Vorgebirge
Doscorne's Durchgang
Kanonierspitze
Spitze der Felsen
I. Ambra
Quartier der Pompelmusen
Die schwarzen Steine
PORT-LOUIS
Hafen Flacque
Quartier Flacque
Spitze der Höhlen
Quartier Williams
Tamarinden Bucht
Spitze der Mitte
Grosses Bassin
Bg. der Savanne
Quartier der Savanne
Capbucht
Citronenspitze
Jacoletposten
Hafen der Savanne
Blaserspitze
Spitze der zwei Cocos
Französische Meilen
Oestliche Länge nach dem Meridian von Paris

Am Ostabhang des Gebirges, das sich hinter Port-Louis auf Ile-de-France erhebt, sieht man, auf ehemals bebautem Boden, die Überreste von zwei kleinen Hütten. Sie liegen fast in der Mitte eines von großen Felsen gebildeten Talbeckens, das nur gegen Norden einen einzigen Zugang hat. Zur Linken erblickt man den „Hügel der Entdekkung“ genannten Berg, von wo aus die Schiffe signalisiert werden, die sich der Insel nähern, und am Fuß dieses Berges die Stadt Port-Louis; zur Rechten die Straße, welche von Port-Louis zum Gebiet der Pampelmusen führt; dann die Kirche dieses Namens, die sich mit ihren Bambusalleen mitten aus einer großen Ebene erhebt, und dahinter einen Wald, der sich bis an die Grenzen der Insel erstreckt. Vor sich unterscheidet man an den Ufern des Meeres die „Bucht des Grabmals“; ein wenig mehr rechts das „Unglückliche Vorgebirge“, und darüber hinaus das offene Meer, über dessen Wasserspiegel sich einige unbewohnte Inseln zeigen, darunter der sogenannte „Richtkeil“, der einer inmitten der Wogen liegenden Bastei gleicht.

Am Eingang dieses Beckens, von wo aus man so viele Dinge sehen kann, wiederholen die Echos des Gebirges unaufhörlich das Sausen der Winde, welche die benachbarten Wälder durchstürmen, und das Getöse der Wogen, die sich an den fernen Riffen brechen; aber bei den Hütten selbst vernimmt man nicht das geringste Geräusch und sieht ringsumher nur große, steil wie Mauern aufsteigende Felsen. An ihrem Fuß, in ihren Spalten und bis hinauf zu ihren Gipfeln, an denen die Wolken anstehen, wachsen Baumgruppen. Die Regenschauer, die von ihren Spitzen angezogen werden, malen auf ihre braunen und grünen Wandflächen oft die Farben des Regenbogens und geben den Quellen zu ihren Füßen, aus denen der kleine Latanienfluß entsteht, Nahrung. Tiefe Stille herrscht in ihrem Bereich, wo alles Frieden atmet, die Luft, die Gewässer, das Licht. Kaum wiederholt dort das Echo das Rauschen der Palmen, die auf ihren Anhöhen wachsen und deren lange Schäfte man beständig sich im Wind hin- und herwiegen sieht. Ein mildes Licht erhellt den Grund dieses Beckens, in das die Sonne nur am Mittag eindringt; aber vom Beginn der Morgenröte an treffen ihre Strahlen den Gebirgskranz, dessen Spitzen, über die Schatten des Gebirges hinausragend, auf dem Azurblau des Himmels wie von Gold und Purpur erscheinen.

Diesen Ort, wo man zugleich unermeßliche Aussicht und tiefe Einsamkeit genießt, pflegte ich öfters zu besuchen. Eines Tages, als ich unterhalb jener Hütten saß und ihre Überreste betrachtete, ging ein schon bejahrter Mann in der Nähe vorüber. Er trug, nach der Sitte der früheren Bewohner, eine

kurze Jacke und lange Beinkleider, ging barfuß und stützte sich auf einen Stock von Ebenholz. Seine Haare waren ganz weiß und seine Gesichtszüge von schlichter Würde. Ehrerbietig grüßte ich ihn. Er erwiderte meinen Gruß, und nachdem er mich einen Augenblick betrachtet hatte, kam er näher und nahm, um auszuruhen, Platz auf dem Grashügel, auf dem ich saß. Ermuntert durch dieses Zeichen von Vertrauen, richtete ich das Wort an ihn. „Vater“, sagte ich zu ihm, „könnt Ihr mir vielleicht sagen, wem diese beiden Hütten gehört haben?“

Er antwortete: „Mein Sohn, dieses Gemäuer und dieses unbebaute Landstück waren vor ungefähr zwanzig Jahren von zwei Familien bewohnt, die hier ihr Glück gefunden hatten. Ihre Geschichte ist rührend; aber wie soll ein Europäer auf dieser Insel, die auf dem Weg nach Indien liegt, an dem Schicksal einiger unbekannter Menschen Anteil nehmen? Wer möchte gar glücklich, aber arm und unbekannt hier leben? Die Menschen wollen nur die Geschichte der Großen und der Könige kennenlernen, die niemandem etwas nutzt."

„Vater", versetzte ich, „aus Eurem Äußeren und Eurer Rede ist leicht zu schließen, daß Ihr große Lebenserfahrung erworben habt. Fehlt es Euch nicht an Zeit, so erzählt mir bitte, was Ihr von den ehemaligen Bewohnern dieser Einöde wißt, und glaubt, daß selbst der durch die Vorurteile der Welt verdorbenste Mensch gern von dem Glück sprechen hört, das Natur und Tugend verleihen."

Nachdem der Greis eine Weile seine Stirn in die Hände gestützt hatte, wie einer, der sich mancherlei Begebenheiten ins Gedächtnis zurückzurufen sucht, erzählte er mir folgendes.

Es war im Jahr 1726, als sich ein junger Mann aus der Normandie, namens M. de la Tour, nachdem er sich vergeblich um eine Anstellung in Frankreich beworben und um Unterstützung bei seiner Familie nachgesucht hatte, nach dieser Insel zu fahren entschloß, um hier sein Glück zu suchen. Er brachte eine junge Frau mit, die er sehr liebte und von der er ebensosehr geliebt wurde. Sie stammte aus einem alten und reichen Haus seiner Provinz; aber er hatte sie heimlich und ohne Mitgift geheiratet, da die Verwandten seiner Frau sich ihrer Verbindung mit ihm widersetzt hatten, weil er nicht von Adel war. Er ließ sie hier in Port-Louis zurück und schiffte sich nach Madagaskar ein, in der Hoffnung, dort einige Schwarze zu kaufen und schnell wieder zurückzukehren, um hier eine Pflanzung anzulegen. Er landete in Madagaskar um die gefährliche Jahreszeit, die dort Mitte Oktober beginnt, und kurz nach seiner Ankunft starb er an einem der pestartigen Fieber, die sechs Monate des Jahres hindurch dort herrschen und die Europäer wohl stets hindern werden, feste Niederlassungen zu gründen. Die Habseligkeiten, die er mitgenommen hatte, wurden nach seinem Tod zerstreut, wie es gewöhnlich bei denjenigen der Fall ist, die außerhalb ihres Vaterlandes sterben. Seine Frau, die auf Ile-de-France zurückgeblieben war, sah sich als Witwe, dazu schwanger und ohne irgendeinen anderen Besitz als eine Negerin, in einem Land, wo sie weder Kredit noch Empfehlungen hatte. Da sie niemanden um Hilfe bitten wollte, nachdem ihr der Mensch gestorben war, den sie allein geliebt hatte, schöpfte sie Mut aus ihrem Unglück. Sie beschloß, mit ihrer Sklavin ein kleines Stück Land zu bebauen, um sich ihren Lebensunterhalt zu verschaffen.

Auf einer fast menschenleeren Insel, deren Boden allen zur Benutzung freistand, wählte sie nicht die fruchtbarsten oder für den Handel günstigsten Gegenden; nein, irgendeine Gebirgsschlucht, irgendeinen verborgenen Zufluchtsort suchend, wo sie allein und unbekannt leben könnte, begab sie sich aus der Stadt zu diesen Felsen hier, um sich in ihnen wie in einem Nest zu bergen. Es ist ein allen empfindenden und leidenden Wesen gemeinsamer Naturtrieb, sich an die wildesten und ödesten Plätze zurückzuziehen, als ob Felsen Wälle wären gegen das Unglück und als ob die Ruhe der Natur den Aufruhr der Seele bannen könnte. Die Vorsehung indessen, die uns zu Hilfe kommt, wenn wir nur nach notwendigen Gütern streben, hatte für Mme de la Tour eins aufbewahrt, das weder Reichtümer noch hoher Stand verschaffen können: Dies war eine Freundin.

An diesem Ort lebte seit einem Jahr eine lebhafte, gutmütige und gefühlvolle Frau namens Marguerite. Sie stammte aus einer einfachen bretonischen Bauernfamilie, von der sie innig geliebt wurde und die sie glücklich gemacht haben würde, wäre sie nicht so schwach gewesen, der Liebe eines Edelmannes aus der Nachbarschaft Glauben zu schenken, der ihr die Ehe versprochen hatte. Nachdem dieser aber seine Leidenschaft befriedigt hatte, entfernte er sich von ihr und weigerte sich sogar, ihr den Unterhalt für ein Kind zu gewähren, mit dem sie schwanger ging. Daraufhin hatte sie sich entschlossen, das Dorf, in dem sie geboren war, für immer zu verlassen und, fern vom

Vaterland, wo sie die einzige Mitgift eines armen und rechtschaffenen Mädchens, den guten Ruf, verloren hatte, ihren Fehltritt in den Kolonien zu verbergen. Ein alter Neger, den sie mit etwas geliehenem Geld erworben hatte, bebaute mit ihr ein kleines Stück Land in dieser Gegend.

Mme de la Tour fand, begleitet von ihrer Negerin, hier Marguerite, die eben ihr Kind nährte. Sie war erfreut, eine Frau in einer Lage anzutreffen, die sie ihrer eigenen für ähnlich hielt. In wenigen Worten teilte sie ihre frühere Lage und ihre gegenwärtigen Bedürfnisse mit. Marguerite wurde bei der Erzählung von Mitleid ergriffen, und da sie mehr ihr Vertrauen als ihre Achtung verdienen wollte, gestand sie ihr, ohne etwas zu verhehlen, die Unbesonnenheit, die sie sich hatte zuschulden kommen lassen.

„Was mich betrifft“, sagte sie, „so habe ich mein Los verdient; aber Sie, Madame... Sie, tugendhaft und unglücklich!“... Mit Tränen in den Augen bot sie ihr ihre Hütte und ihre Freundschaft an. Gerührt über einen Empfang voller Zartgefühl, sagte Mme de la Tour zu ihr, indem sie sie in die Arme schloß:

„Ach! Gott will meinem Leiden ein Ende machen, da er Ihnen, der ich doch fremd bin, mehr Güte mir gegenüber einflößt, als ich jemals bei meinen Verwandten gefunden habe.“

Ich kannte Marguerite und betrachtete mich als ihren Nachbarn, obschon ich anderthalb Meilen von hier im Wald hinter dem „Langen Berge“ wohne. In den Städten Europas hindert eine Straße, eine einfache Mauer die Mitglieder einer Familie oft ganze Jahre hindurch, zueinander zu kommen; in den neuen Kolonien aber betrachtet man die als seine Nachbarn, von denen man nur durch Wälder und Berge getrennt ist. Besonders zu einer Zeit, als diese

Insel noch wenig Handelsverkehr mit Indien hatte, gab schon die bloße Nachbarschaft den Anspruch auf Freundschaft, und Gastlichkeit gegen Fremde war Pflicht und Vergnügen.

Als ich erfuhr, daß meine Nachbarin eine Freundin hatte, besuchte ich sie, um nachzusehen, ob ich nicht der einen oder der anderen nützlich sein könnte. Ich fand in Mme de la Tour eine anziehende Erscheinung, voll Seelenadel und Schwermut. Sie war damals ihrer Niederkunft nahe. Ich machte die Frauen darauf aufmerksam, daß es im Interesse ihrer Kinder und besonders, um die Niederlassung irgendeines anderen zu verhindern, ratsam sei, den Grund dieses Talbekkens, der ungefähr 20 Morgen beträgt, unter beiden zu teilen, und sie übertrugen mir diese Teilung. Ich machte also zwei fast gleiche Teile daraus: Der eine umfaßte den höheren Teil dieses eingeschlossenen Bezirks, von der Spitze jenes mit Wolken bedeckten Felsens an, wo die Quelle des Latanienflusses entspringt, bis zu jener schroffen Öffnung, die Ihr da oben auf der Höhe des Gebirges seht und die man die „Schießscharte" nennt, weil sie in der Tat einer Geschützöffnung gleicht. Der Grund dieses Bodens ist so voller Geröll und Spalten, daß man kaum darauf gehen kann; gleichwohl bringt er große Bäume hervor und ist reich an Quellen und kleinen Bächen. In dem anderen Teil faßte ich alles Tieferliegende zusammen, das sich vom Latanienfluß bis zu der Talöffnung erstreckt, an der wir uns befinden, und von wo dieser Fluß zwischen zwei Hügeln zum Meer hinzufließen beginnt. Ihr seht dort einige Wiesensäume und einen ziemlich ebenen Boden, der aber nur wenig besser ist als der andere; denn in der Regenzeit ist er sumpfig und in der trocknen hart wie Blei. Wenn man zu dieser Zeit hier einen Graben anlegen will, muß man ihn mit der Axt aufhacken. Nachdem ich die beiden Teile festgelegt hatte, ließ ich die beiden Frauen das Los darüber ziehen. Der obere Teil fiel Mme de la Tour zu, der untere Marguerite. Beide waren mit ihrem Anteil zufrieden, baten mich aber, ihre Wohnung nicht zu trennen, „damit wir“, sagten sie, „zu jeder Zeit zueinander kommen, uns sprechen und uns beistehen können“.

Gleichwohl bedurfte jede doch noch eines besonderen Zufluchtsortes für sich selbst. Die Hütte Marguerites befand sich in der Mitte des Talbeckens, gerade auf der Grenze ihres Grundeigentums. Dicht daneben baute ich auf dem von Mme de la Tour eine zweite Hütte, so daß also beide Freundinnen zugleich ganz nahe beieinander und doch jede auf ihrem Familieneigentum wohnten. Mit eigener Hand habe ich das Pfahlwerk auf den Bergen zugehauen und Latanienblätter vom Ufer des Meeres geholt, um diese beiden Hütten herzurichten, an denen Ihr jetzt weder Tür noch Dach mehr seht. Und doch bleibt mir nur zuviel noch übrig für meine Erinnerung! Die Zeit, welche die Denkmäler großer Reiche so schnell zerstört, sie scheint in diesen Einöden die der Freundschaft zu achten, um meine Trauer bis an mein Lebensende fortdauern zu lassen.

Ich hatte kaum die zweite Hütte vollendet, als Mme de la Tour eine Tochter zur Welt brachte. Ich war Pate bei Marguerites Kind gewesen, das Paul hieß. Auch Mme de la Tour bat mich, zusammen mit ihrer Freundin ihrer Tochter den Namen zu geben; diese taufte sie Virginie.

„Sie soll tugendhaft sein“, sagte sie, „und sie wird glücklich sein. Ich habe das Unglück erst kennengelernt, als ich mich von der Tugend entfernte.“

Als Mme de la Tour ihre Wochen überstanden hatte, fingen die beiden kleinen Besitzungen an, einigen Ertrag zu bringen auf Grund der Sorgfalt, die ich von Zeit zu Zeit daran wandte, aber hauptsächlich durch die Arbeit und den Fleiß ihrer Sklaven. Der Sklave Marguerites, namens Domingo, war ein Joloffneger und trotz seines beträchtlichen Alters noch rüstig. Er besaß Erfahrung und natürlichen, gesunden Verstand. Ohne Unterschied bearbeitete er auf beiden Besitzungen die Böden, die ihm als die ertragfähigsten erschienen, und säte sie mit dem Samen, der am besten für sie taugte. Er säte indische Hirse und Mais auf die mittelmäßigen Stellen, ein wenig Weizen auf das gute Land, Reis in die sumpfigen Gründe und an den Abhang der Felsen indische Kürbisse, Gurken und gewöhnliche Kürbisse, die sich gern in die Höhe ranken. An die trockenen Stellen pflanzte er Süßkartoffeln, die dort sehr zuckerreich werden; Baumwolle auf die Höhen, Zuckerrohr in die schwere Erde, Kaffee auf die Hügel, wo die Bohne klein, aber vortrefflich wird; längs des Flusses und um die Hütten Bananen, die das ganze Jahr hindurch reiche Ernte an Früchten bieten und schönen Schatten geben, und schließlich einige Tabakpflanzen, um sich und seinen guten Gebieterinnen die Sorgen zu versüßen. Er ging Brennholz im Gebirge schlagen und sprengte Felsen hier und da in den Besitzungen, um die Wege zu ebnen. Alle diese Arbeiten verrichtete er mit Umsicht und Fleiß, weil er sie mit Eifer unternahm. Marguerite war er sehr anhänglich und nicht viel weniger Mme de la Tour, deren Negerin er bei Virginies Geburt geheiratet hatte. Er liebte seine Frau, die Marie hieß, leidenschaftlich. Sie war auf Madagaskar geboren, von woher sie mancherlei Fertigkeiten mitgebracht hatte, vornehmlich Körbe und gewisse Stoffe, sogenannte Negerschurze aus Gräsern, die in den Wäldern wachsen, anzufertigen. Sie war gewandt, reinlich und sehr treu. Sie bereitete das Essen zu, besorgte die Zucht einiger Hühner und ging von Zeit zu Zeit nach Port-Louis, um den überschüssigen Ertrag aus beiden Wirtschaften, der freilich gering genug war, zu verkaufen. Wenn Ihr dazu noch zwei mit den Kindern aufwachsende Ziegen und einen großen Hund nehmt, der nachts vor den Hütten Wache hielt, so könnt Ihr Euch eine Vorstellung von dem ganzen Einkommen und dem Hausstand dieser beiden kleinen Anwesen machen.

Was die beiden Freundinnen betrifft, so spannen sie vom Morgen bis zum Abend Baumwolle. Diese Arbeit reichte zu ihrem und ihrer Familien Unterhalt hin; im übrigen aber waren sie so aller europäischen Bequemlichkeiten entwöhnt, daß sie in ihrer Besitzung barfuß gingen und nur Schuhe trugen, wenn sie sich am Sonntag in aller Frühe zur Kirche der Pampelmusen begaben, die Ihr da unten seht. Es ist dahin freilich viel weiter als nach Port-Louis; indessen gingen sie nur selten in die Stadt, aus Furcht, dort mißachtet zu werden, weil sie wie Sklavinnen in grobe, blaue bengalische Leinwand gekleidet waren. Wenn man es aber recht bedenkt: Wiegt das öffentliche Ansehen das häusliche Glück auf? Wenn diese Frauen öffentlich ein wenig zu leiden hatten, so kehrten sie mit um so mehr Vergnügen wieder nach Hause zurück. Kaum gewahrten sie Marie und Domingo von dieser Anhöhe herab auf dem Weg der Pampelmusen, so eilten sie ihnen bis an den Fuß des Berges entgegen, um ihnen beim Emporsteigen behilflich zu sein. Sie lasen in den Augen ihrer Sklaven die Freude, die diese über ihre Ankunft empfanden, und in ihrer Behausung erwarteten sie Sauberkeit und Freiheit – Güter, die sie nur ihrer eigenen Arbeitsamkeit verdankten – und Diener voll Eifer und Zuneigung. Sie selbst, vereint durch dieselben Bedürfnisse, geprüft durch fast ähnliche Leiden, die süßen Namen Freundin, Gefährtin und Schwester wechselnd, hatten nur einen Willen, ein Interesse, einen Tisch: Alles war bei ihnen gemeinsam. Wenn aber alte Wünsche, lebhafter als die der Freundschaft, in ihrer Seele erwachten, lenkte eine geläuterte Gottesfurcht, unterstützt von keuschen Sitten, sie nach einem anderen Leben hin, wie die Flamme, welche zum Himmel emporeilt, wenn ihr auf der Erde die Nahrung ausgeht.

Die natürlichen Pflichten vermehrten noch das Glück ihres Beisammenseins. Ihre gegenseitige Freundschaft verdoppelte sich beim Anblick ihrer Kinder, der Frucht einer gleich unglücklichen Liebe. Es war ihnen ein Vergnügen, sie in dieselbe Badewanne zu setzen und in dieselbe Wiege zu legen. Oft tauschten sie die Kleinen beim Stillen.

„Meine Freundin", sagte Mme de la Tour, „jede von uns wird zwei Kinder, und jedes unsrer Kinder zwei Mütter haben."

Wie zwei Knospen, die an zwei Bäumen derselben Art stehenbleiben, wenn der Sturm sonst alle Zweige weggebrochen hat, süßere Früchte bringen, sobald jede von dem mütterlichen Stamm getrennt, auf den Nachbarstamm gepfropft wird, so wurden auch diese beiden kleinen Wesen von zärtlicheren Gefühlen erfüllt als denen von Sohn und Tochter, Bruder und Schwester, wenn ihnen die beiden Freundinnen, durch die sie das Leben hatten, wechselweise die Brust gaben. Schon an ihren Wiegen sprachen die Mütter von ihrer späteren Verbindung; und diese

Aussicht auf eheliches Glück, womit sie ihren eigenen Kummer versüßten, schloß sehr oft damit, daß beide weinen mußten: die eine, indem sie daran dachte, daß ihr Unglück von einer nicht geschlossenen Ehe herrühre, die andere, daß sie sich unter deren Gesetze gestellt hatte; die eine, weil sie sich über ihren Stand erhoben, die andere, weil sie von ihm herabgestiegen war. Sie trösteten sich aber, indem sie sich vorstellten, daß eines Tages ihre Kinder, glücklicher als sie, fern von Europas grausamen Vorurteilen, sich zugleich der Wonne der Liebe und des Glücks der Gleichheit erfreuen würden.

In der Tat war nichts der gegenseitigen Zuneigung zu vergleichen, die sie sich bereits jetzt bekunde-

ten. Wenn Paul klagte, zeigte man ihm Virginie; bei ihrem Anblick lächelte er und beruhigte sich. Wenn Virginie etwas zustieß, wurde man durch Pauls Angstruf davon benachrichtigt; aber das liebenswürdige Mädchen unterdrückte sogleich sein Leiden, damit nur jener bei seinem Schmerz nicht mitleiden möchte. Kein einziges Mal kam ich hierher, daß ich nicht beide ganz nackt, nach der Sitte des Landes, und da sie noch kaum laufen konnten, Hand in Hand und mit verschlungenen Armen gesehen hätte, wie man das Gestirn der Zwillinge darstellt. Die Nacht selbst konnte sie nicht trennen: Sie überraschte sie oft in derselben Wiege liegend, Wange an Wange, Brust an Brust, die Hände gegenseitig um den Hals gelegt, und eines in des anderen Armen eingeschlummert.

Als sie sprechen konnten, waren die ersten Namen, die sie sich geben lernten, Bruder und Schwester. Die Kindheit, die zärtlichere Liebkosungen kennt, kennt doch keine süßeren Namen. Ihre Erziehung trug nur dazu bei, ihre Freundschaft zu verdoppeln, indem man sie auf ihre gegenseitigen Bedürfnisse hinwies. Bald gehörte alles, was sich auf die Hauswirtschaft bezieht, das Sauberhalten, die Sorge für die Bereitung eines ländlichen Mahles, zu den Aufgaben Virginies, und ihre Bemühungen waren stets von dem Beifall und den Küssen ihres Bruders begleitet. Dieser war unaufhörlich in Tätigkeit, grub mit Domingo den Garten um oder folgte ihm, eine kleine Axt in der Hand, in die Wälder, und wenn sich ihm auf seinen Ausflügen eine schöne Blume, eine schmackhafte Frucht oder ein Vogelnest darbot, und wär's auf dem Wipfel eines Baumes gewesen, so kletterte er hinauf, um sie seiner Schwester mitzubringen.

Wenn man einem von ihnen begegnete, so konnte man sicher sein, daß auch der andere nicht weit war. Als ich eines Tages vom Gipfel jenes Berges herabstieg, sah ich am Ende des Gartens Virginie, die auf das Haus zueilte, den Kopf mit ihrem Röckchen bedeckend, das sie von hinten übergezogen hatte, um sich vor einem Regenguß zu schützen. Von weitem glaubte ich sie allein; als ich aber näher hinzuging, um ihr im Fortkommen beizustehen, sah ich, daß sie Paul am Arme hatte, der fast ganz in dieselbe Bedeckung eingehüllt war, und beide lachten herzlich darüber, sich in Sicherheit zu sehen unter einem Regenschirm ihrer eigenen Erfindung. Die beiden reizenden Köpfchen, umhüllt von dem sich bauschenden Röckchen, erinnerten mich an die in derselben Schale eingeschlossenen Kinder der Leda.

Ziel ihres Tuns war immer, einander zu gefallen und sich gegenseitig zu helfen. Im übrigen waren sie so unwissend wie Kreolen und konnten weder lesen noch schreiben. Was in vergangenen Zeiten und ferne von ihnen geschehen war, beunruhigte sie nicht im geringsten; ihre Neugier erstreckte sich nicht über dieses Gebirge hinaus. Sie glaubten, die Welt sei dort zu Ende, wo ihre Insel zu Ende war, und konnten sich nichts Liebenswertes vorstellen, wo sie nicht waren. Ihre gegenseitige Zuneigung und die Liebe zu ihren Müttern nahmen ihr ganzes Seelenleben in Anspruch.

Niemals hatten unnötige Kenntnisse sie Tränen gekostet, niemals die Lehren einer traurigen Moral sie mit Langeweile erfüllt. Sie wußten nicht, was stehlen ist, da alles ihnen gemeinsam gehörte, noch was unmäßig sein heißt, da einfache Kost für jeden bereitstand, noch was lügen ist, da sie keine Wahrheit zu verheimlichen hatten. Man hatte ihnen niemals Furcht damit erregt, daß man sagte: Gott habe schreckliche Strafen für undankbare Kinder in Bereitschaft; mit der mütterlichen Zärtlichkeit war bei ihnen die kindliche Liebe entsprungen. Von der Religion hatte man sie nur das gelehrt, was sie liebenswert erscheinen läßt, und wenn sie in der Kirche keine langen Gebete hersagten, so erhoben sie doch überall, wo sie sich befanden, im Haus, in den Feldern, im Wald, unschuldige Hände zum Himmel und hatten ein Herz voll Liebe für die Ihrigen.

So verging ihre frühe Kindheit wie eine schöne Morgenröte, die einen noch schöneren Tag verheißt. Schon teilten sie mit ihren Müttern alle Sorge für die Hauswirtschaft. Mit dem ersten Hahnenschrei, der die Wiederkehr der Morgenröte verkündete, stand Virginie auf, um Wasser an der nahen Quelle zu schöpfen; sie kehrte damit zurück, um das Frühstück zu bereiten. Bald nachher, wenn die Sonne die Spitzen des Gebirgskranzes vergoldete, begaben sich Marguerite und ihr Sohn zu Mme de la Tour. Hier sprachen sie gemeinsam ein Gebet, auf das die erste Mahlzeit folgte. Oft nahmen sie diese außerhalb des Hauses ein und saßen auf der Wiese unter einer Bananenlaube, die ihnen zugleich in ihren nahrhaften Früchten eine fertig zubereitete Speise und in ihren breiten, langen und glänzenden Blättern ein Tischgedeck darbot. Eine gesunde und reichliche Kost entwickelte rasch die Körper der beiden jungen Leute, und eine milde Erziehung ließ in ihren Gesichtszügen die Reinheit und Zufriedenheit ihrer Seele sich spiegeln. Virginie war erst zwölf Jahre alt, doch ihr Wuchs war schon mehr als zur Hälfte vollendet. Lange, blonde Haare umschatteten ihren Kopf; ihre blauen Augen und ihre korallenroten Lippen überstrahlten mit dem zartesten Glanz die Frische ihres Antlitzes; sie lächelten stets, wenn sie sprach; schwieg sie aber, so gab ihnen ihre von Natur himmelwärts gerichtete Stellung des Ausdruck eines sehr gefühlvollen Wesens, ja selbst den einer leichten Schwermut. In Paul dagegen sah man schon den Charakter des Mannes sich mitten in der

Anmut des Jünglingsalters entwickeln. Sein Wuchs war schlanker als der Virginies, die Farbe seines Gesichts dunkler, seine Nase mehr adlerartig; und seine schwarzen Augen hätten etwas Stolzes gehabt, wenn nicht die langen Wimpern, die sie wie Pinsel rings umgaben, ihnen größte Sanftmut verliehen hätten. Obgleich stets in Bewegung, wurde er doch, sobald seine Schwester erschien, ruhig und setzte sich neben sie. Oft ging ihre Mahlzeit vorüber, ohne daß sie ein Wort miteinander sprachen. Ihr Schweigen, ihre zwanglosen Stellungen, die Schönheit ihrer nackten Füße hätten den Eindruck hervorrufen können, man erblicke eine antike Gruppe von weißem Marmor, etwa ein Paar von Niobes Kindern darstellend; nach ihren Blicken aber, die sich zu begegnen suchten, nach ihrem Lächeln, das durch ein noch gewinnenderes erwidert wurde, hätte man sie für Kinder des Himmels, für ein Paar jener seligen Geister halten können, deren Wesen es ausmacht, sich zu lieben, und die kein Bedürfnis empfinden, Gefühle durch Gedanken und Freundschaft durch Worte zu äußern.

Als Mme de la Tour sah, daß ihre Tochter sich so reizend entfaltete, fühlte sie mit ihrer Zärtlichkeit auch ihre Besorgnis wachsen. Bisweilen sagte sie zu mir: „Wenn ich sterben sollte, was wird aus Virginie ohne Vermögen werden?“

Sie hatte in Frankreich eine Tante, ein vornehmes, reiches, bejahrtes und frömmelndes Fräulein, welches ihr einst, nach ihrer Verbindung mit M. de la Tour, ihre Unterstützung mit solcher Härte verweigert hatte, daß sie sich fest vornahm, nie wieder Zuflucht zu ihr zu nehmen, sollte sie auch zum Äußersten getrieben werden. Seitdem sie aber Mutter war, fürchtete sie nicht mehr die Schmach der Zurückweisung. Sie benachrichtigte ihre Tante von dem plötzlichen Tod ihres Ehegatten, von der Geburt ihrer Tochter und der drückenden Lage, in der sie, fern vom Vaterland, sei, ohne jede Hilfe und mit der Sorge für ein Kind beladen. Sie erhielt keine Antwort. Trotz ihres erhabenen Charakters scheute sie sich nicht mehr, sich zu demütigen und sich den Vorwürfen der Verwandten auszusetzen, die ihr nie verziehen hatte, einen unebenbürtigen, wenn auch tugendhaften Mann geheiratet zu haben. Sie schrieb ihr also bei jeder Gelegenheit, um ihr Mitgefühl zugunsten Virginies rege zu machen. Aber viele Jahre waren verflossen, ohne daß sie von ihr irgendein Zeichen der Teilnahme erhalten hätte.

Endlich, im Jahr 1738, drei Jahre nach der Ankunft von M. de la Bourdonnais auf der Insel, erfuhr Mme de la Tour, daß dieser Gouverneur ihr einen Brief der Tante zuzustellen habe. Sie eilte nach

Port-Louis, diesmal ohne Bedenken, daß sie dort schlecht gekleidet erscheine, da die mütterliche Freude sie über jede menschliche Rücksicht erhob. M. de la Bourdonnais gab ihr in der Tat einen Brief von ihrer Tante. Diese schrieb ihrer Nichte, daß sie ihr Schicksal verdient habe wegen ihrer Heirat mit einem leichtfertigen Abenteurer; daß die Leidenschaften ihre Strafe nach sich zögen; daß der frühzeitige Tod ihres Mannes eine gerechte Züchtigung von Gott sei; daß sie sehr klug daran getan hätte, lieber nach den Inseln zu gehen, anstatt ihrer Familie in Frankreich Unehre zu bringen; daß sie sich in einem guten Land befinde, wo jedermann sein Glück mache, ausgenommen die Trägen. Nach solchen Verweisen schloß sie damit, sich selber zu loben: Um die oft traurigen Folgen der Ehe zu vermeiden, sagte sie, habe sie sich stets geweigert zu heiraten. Die Wahrheit ist aber, daß die Hochmütige nur einen Mann von hohem Stand heiraten wollte; aber so reich sie auch war und so gleichgültig man am Hofe gegen alles sein mag, Vermögen ausgenommen, so hatte sich doch niemand gefunden, der sich mit einer Frau von solcher Häßlichkeit und Hartherzigkeit hätte verbinden wollen.

In einer Nachschrift fügte sie noch bei, daß sie sie nach reiflicher Überlegung M. de la Bourdonnais in besonderer Weise empfohlen hätte. In der Tat, sie hatte sie empfohlen, aber nach einem heutzutage mehr als üblichen Verfahren, das uns einen Beschützer mehr fürchten läßt als einen Feind: Um sich beim Gouverneur wegen ihrer Härte gegen die Nichte zu rechtfertigen, hatte sie diese, unter dem Anschein des Bedauerns, verleumdet.

Mme de la Tour, die kein noch so gleichgültiger Mensch ohne Anteil und Achtung angesehen hätte, wurde von M. de la Bourdonnais mit großer Kälte empfangen, da er im voraus gegen sie eingenommen war. Als sie ihm ihre Lage erklärt hatte, antwortete er mit starrer Einsilbigkeit: „Ich will sehen ... wir wollen sehen ... mit der Zeit ... Es gibt viele Unglückliche! ... Warum eine achtbare Tante sich abgeneigt machen? ... Das Unrecht ist auf Ihrer Seite."

Mme de la Tour kehrte, das Herz von schmerzlichen Gefühlen zerrissen und von Bitterkeit erfüllt, in ihre Wohnung zurück. Zu Hause setzte sie sich, warf den Brief ihrer Tante auf den Tisch und sagte zu ihrer Freundin: „Das ist die Frucht einer elf Jahre langen Geduld!" Da aber niemand außer ihr in dem kleinen Kreise lesen konnte, nahm sie ihn wieder auf und las ihn der ganzen Familie vor. Kaum war sie damit zu Ende, als Marguerite in lebhaftem Ton zu ihr sagte: „Was haben wir deine Verwandten nötig! Hat Gott uns verlassen? Er allein ist unser Vater. Haben wir bis heute nicht glücklich gelebt? Warum dich also grämen? Du hast keinen Mut!" Und als sie Mme de la Tour weinen sah, warf sie sich ihr um den Hals, drückte sie an ihre Brust und rief: „Liebe Freundin! Liebe Freundin!" Aber ihr eigenes Schluchzen erstickte ihre Stimme. Bei diesem Anblick brach Virginie in Tränen aus und drückte wechselweise die Hände ihrer Mutter und Marguerites an ihre Lippen und an ihr Herz; und Paul, mit Augen, die vor Zorn flammten, schrie, ballte die Fäuste und stampfte mit dem Fuß, da er nicht wußte, woran er seinen Zorn auslassen sollte. Auf diesen Lärm stürzten Domingo und Marie herbei, und man vernahm in der Hütte nur noch die Schmerzensausrufe: „Ach! Madame! ... meine liebe Herrin! ... meine Mutter! ... weint doch nicht!"

Solch zärtliche Beweise von Liebe zerstreuten schließlich den Verdruß. Mme de la Tour zog Paul und Virginie in ihre Arme und sagte zu ihnen mit zufriedener Miene: „Meine Kinder, ihr seid die Ursache meines Kummers, aber ihr macht auch meine ganze Freude aus. Oh, meine lieben Kinder, das Unheil ist mir nur aus der Ferne zugekommen; das Glück ist hier um mich!" Paul und Virginie begriffen sie nicht; aber als sie sahen, daß sie sich wieder beruhigt hatte, lächelten sie und begannen sie zu liebkosen. So fühlten sie sich alle wieder glücklich wie zuvor, und der ganze Vorfall war nichts als ein Sturm mitten in einer schönen Jahreszeit.

Das harmonische Gemüt der Kinder entfaltete sich von Tag zu Tag mehr. Eines Sonntags, als ihre Mütter mit dem Erwachen der Morgenröte zur Frühmesse in die Kirche der Pampelmusen gegangen waren, erschien unter den Bananen, die ihre Wohnung umgaben, eine entlaufene Negerin. Sie war zum Gerippe abgemagert und hatte statt aller Bekleidung nur einen Lappen grober Leinwand um ihre Lenden. Sie warf sich Virginie, die eben das Frühstück für die Familie bereitete, zu Füßen und sagte zu ihr: „Junges Fräulein, habt Mitleid mit einer armen, flüchtigen Sklavin: Seit einem Monat irre ich in diesen Bergen umher, halb tot vor Hunger und oft verfolgt von Jägern und Hunden. Ich fliehe vor meinem Herrn, der ein reicher Landbesitzer am ‚Schwarzen Fluß' ist. Er hat mich mißhandelt, wie Ihr seht." Dabei wies sie auf ihren Körper, der durch Peitschenhiebe von tiefen Wunden durchfurcht war. Sie fügte hinzu: „Ich wollte mich ins Wasser stürzen; da ich aber wußte, daß Ihr hier wohnt, sagte ich zu mir: Solange es noch gutherzige Weiße in diesem Land gibt, braucht man noch nicht zu sterben."

Tief bewegt erwiderte ihr Virginie: „Beruhige dich, unglückliches Geschöpf. Iß, iß!" Und sie gab ihr das Frühstück, das sie eben für die Hausbewohner bereitet hatte. Die Sklavin hatte es in wenigen Augenblikken bis auf den letzten Bissen verschlungen. Als Virginie sie gesättigt sah, sagte sie zu ihr: „Arme Unglückliche! Ich möchte zu deinem Herrn gehen und um Gnade für dich bitten; wenn er dich sieht, wird er Mitleid fühlen. Willst du mich zu ihm führen?"

„Engel Gottes", versetzte die Negerin, „ich werde Euch folgen, wohin Ihr wollt."

Virginie rief ihren Bruder herbei und bat ihn, sie zu begleiten. Die entlaufene Negerin führte sie auf Fuß-

pfaden mitten durch die Wälder, über hohe Berge, die sie sehr mühsam erkletterten, und über breite Flüsse, die sie an seichten Stellen durchwateten. Um die Mitte des Tages erreichten sie endlich den Fuß eines Hügels am Ufer des Schwarzen Flusses. Sie erblickten ein stattlich gebautes Haus, ansehnliche Pflanzungen und eine große Anzahl mit Arbeiten aller Art beschäftigter Sklaven. Ihr Herr ging zwischen ihnen umher, eine Pfeife im Mund und ein indisches Rohr in der Hand. Er war groß und hager, sah bleich aus und hatte tiefliegende Augen und schwarze, in der Mitte zusammenlaufende Augenbrauen. Virginie, die ganz aufgeregt war und Paul am Arme hielt, näherte sich dem Pflanzer und bat ihn um der Liebe Gottes willen, seiner Sklavin, die sich einige Schritte hinter ihnen befand, zu verzeihen. Anfangs beachtete der Mann die beiden ärmlich gekleideten Kinder nicht besonders; aber als er den zierlichen Wuchs Virginies, ihren schönen blonden Kopf unter einem blauen Regenschutz bemerkt und den süßen Ton ihrer Stimme, die wie ihr ganzer Körper zitterte, vernommen hatte, während sie um Gnade bat, nahm er seine Pfeife aus dem Mund, erhob sein Rohr zum Himmel und schwur mit einem abscheulichen Eid, daß er seiner Sklavin verzeihe, nicht um der Liebe Gottes, sondern ihr zuliebe. Virginie gab der Sklavin ein Zeichen, sich zu ihrem Herrn zu begeben; dann ergriff sie die Flucht, und Paul eilte hinter ihr her.

Sie stiegen zusammen die Rückseite des Hügels hinauf, von dem sie herabgekommen waren; auf dem Gipfel angekommen, setzten sie sich, erschöpft von Müdigkeit, Hunger und Durst, unter einem Baum nieder. Sie hatten mehr als fünf Meilen seit Aufgang der Sonne nüchtern zurückgelegt. Paul sagte zu Virginie:

„Schwester, es ist über Mittag hinaus; du hast Hunger und Durst, und wir werden hier nirgends etwas zu

essen finden. Wir wollen wieder den Hügel hinabsteigen und den Herrn der Sklavin um etwas zu essen bitten."

„O nein, Bruder", versetzte Virginie, „er hat mir zu sehr Angst gemacht. Erinnere dich, was Mama zuweilen sagt: ‚Das Brot des Bösen füllt den Mund mit Staub'."

„Was sollen wir aber tun?" fragte Paul. „Diese Bäume tragen ungenießbare Früchte; es gibt hier nicht einmal eine Tamarinde oder eine Zitrone, um dich zu erquicken."

„Gott wird sich unser erbarmen", erwiderte Virginie; „er erhört ja die Stimmen der Vögel, die ihn um Nahrung bitten." Kaum hatte sie diese Worte gesagt, als sie das Rieseln einer Quelle vernahmen, die von einem nahen Felsen herabrann. Sie eilten dorthin, und nachdem sie mit ihrem Wasser, das klarer war als Kristall, den Durst gelöscht hatten, pflückten und aßen sie ein wenig Kresse, die an ihrem Rand wuchs. Als sie nach dieser und jener Richtung umherblickten, ob sie nicht eine nahrhaftere Speise fänden, bemerkte Virginie unter den Bäumen des Waldes eine junge Palme. Der Palmkohl, den der Wipfel dieses Baumes zwischen seinen Blättern einschließt, ist eine sehr angenehme Speise; aber obgleich der Stamm nur die Dicke eines Beines hatte, so war er doch mehr als sechzig Fuß hoch. Eigentlich wird das Holz dieses Baumes nur von einem Bündel Fasern gebildet; aber sein Splint ist so hart, daß die besten Äxte daran abprallen, und Paul hatte nicht einmal ein Messer bei sich. Er kam auf den Gedanken, Feuer an den Fuß des Baums zu legen. Neue Verlegenheit: Er hatte keinen Feuerstahl, und überdies glaube ich nicht, daß sich auf dieser mit Felsen bedeckten Insel ein einziger Feuerstein findet. Die Not macht erfinderisch, und oft hat man die nützlichsten Erfindungen den ärmsten Menschen zu verdanken. Paul beschloß, nach Art der Schwarzen Feuer zu machen. Mit der Spitze eines

Steines bohrte er ein kleines Loch in einen sehr dürren Zweig, auf den er seine Füße stellte; mit der Schneide dieses Steines spitzte er dann ein zweites, gleichfalls dürres Stück von einem Ast, der aber von einer anderen Holzart war. Hierauf steckte er das zugespitzte Holz in das Loch des Zweiges unter seinen Füßen, und indem er es sehr schnell zwischen seinen Händen hin- und herdrehte, wie man einen Quirl dreht, um Schokolade schäumen zu machen, sah er in wenigen Augenblicken an dem Berührungspunkt Rauch und Funken hervorsprühen. Er sammelte trockenes Gras und kleine Baumzweige und legte Feuer an den Fuß der Palme, die nach kurzer Zeit mit großem Gekrach niederstürzte. Das Feuer diente auch noch dazu, den Palmkohl von der Hülse seiner langen holzigen und stachligen Blätter zu befreien. Virginie und er aßen einen Teil des Palmkohls roh, den anderen, nachdem sie ihn unter der Asche geröstet hatten, und sie fanden beides gleich wohlschmeckend. Sie genossen das bescheidene Mahl vergnügt in der Erinnerung an die gute Tat, die sie am Morgen vollbracht hatten; allein ihre Freude war getrübt durch die Unruhe, in die, wie sie sich wohl denken konnten, ihre lange Abwesenheit die Mütter versetzen mußte. Virginie erwähnte dies immer wieder. Paul, der seine Kräfte wiederhergestellt fühlte, versicherte hingegen, daß sie noch zeitig genug ihre Eltern würden beruhigen können.

Als die Mahlzeit vorüber war, befanden sie sich in großer Verlegenheit; denn wer sollte ihnen den Weg nach Hause weisen? Paul, der sich durch nichts irre machen ließ, sagte zu Virginie:

„Unsere Hütte liegt nach der Mittagssonne zu; wir müssen also, wie am Morgen, über jenes Gebirge gehen, das du dort unten mit seinen drei Spitzen erblickst. Also los, meine liebe Freundin."

Dieses Gebirge war das der „Drei Brüste", nach seiner dreigipfligen Gestalt so genannt. Sie stiegen den Hügel des Schwarzen Flusses auf der Nordseite herab und kamen nach einer Stunde an den Ufern eines breiten Flusses an, der ihnen den Weg versperrte. Dieser große, mit Wäldern bedeckte Teil der Insel ist, selbst heutzutage, so wenig bekannt, daß mehrere seiner Flüsse und Berge noch keinen Namen haben. Der Fluß, an dessen Ufern sie sich befanden, strömt schäumend über ein Felsenbett. Das Brausen des Wassers erschreckte Virginie; sie wagte nicht, die Füße hineinzusetzen, um ihn zu durchwaten. Da nahm Paul Virginie auf den Rücken und schritt mit dieser Bürde über die schlüpfrigen Felsensteine des Stroms, ungeachtet des Tobens seiner Wasser.

„Keine Angst", redete er ihr zu, „ich fühle mich ganz stark mit dir. Hätte der Pflanzer am Schwarzen Fluß dir die Begnadigung seiner Sklavin verweigert, so hätte ich mich mit ihm geschlagen."

Wie“, sagte Virginie, „mit diesem großen und bösen Mann? Welcher Gefahr habe ich dich ausgesetzt! Mein Gott, wie schwer ist es doch, das Gute zu tun! Nur das Schlimme ist leicht auszuführen.“

Als Paul am Ufer war, wollte er, beladen mit seiner Schwester, den Weg fortsetzen und schmeichelte sich, mit dieser Last das Gebirge der „Drei Brüste“, welches er eine halbe Meile weit vor sich sah, zu ersteigen; bald aber gingen ihm die Kräfte aus, und er war gezwungen, sie auf den Boden niederzulassen und neben ihr auszuruhen. Virginie sagte zu ihm:

„Mein Bruder, der Tag neigt sich; du hast noch Kraft, ich nicht. Laß mich hier und kehre allein zu unsrer Hütte zurück, um unsre Mütter zu beruhigen.“

„O nein“, sagte Paul, „ich werde dich nicht verlassen. Wenn uns die Nacht in diesen Wäldern überrascht, so werde ich ein Feuer anzünden und eine Palme fällen; du sollst den Palmkohl davon essen, und ich werde dir aus seinen Blättern zum Schutz einen Ajoupa zurechtmachen.“ Nachdem sie sich jedoch ein wenig ausgeruht hatte, pflückte Virginie am Stumpf eines alten, über das Ufer sich neigenden Baumes lange Blätter der Hirschzungenpflanze, die an dem Stamm herabhingen, machte daraus eine Art von Halbstiefeln und umgab damit ihre Füße, die sie sich an den Steinen des Weges blutig gelaufen hatte; denn im Eifer, nützlich zu sein, hatte sie Schuhe anzuziehen vergessen. Da ihr die Frische dieser Blätter bald einige Linderung gewährte, brach sie einen Bambus-

zweig und machte sich auf den Weg, indem sie sich mit der einen Hand auf das Rohr, mit der anderen auf ihren Bruder stützte.

Langsam schritten sie so durch den Wald; aber bald verhüllte die Höhe der Bäume und die Dichte ihres Laubwerks ihnen den Anblick des Gebirges der „Drei Brüste", auf das sie zugingen, und sogar die untergehende Sonne. Nach einiger Zeit hatten sie, ohne es zu merken, den gebahnten Pfad, auf dem sie bis jetzt gegangen waren, verloren und befanden sich plötzlich in einem Gewirr von Bäumen, Schlinggewächsen und Felsen, aus denen sich kein Ausweg darbot. Paul ließ Virginie sich niedersetzen und fing an, ganz außer sich hin- und herzulaufen, um einen Weg aus diesem Dickicht zu finden; aber er bemühte sich vergebens. Er erstieg den Gipfel eines hohen Baumes, um wenigstens das Gebirge der „Drei Brüste" zu entdecken; er sah indessen rings um sich her nichts als Baumwipfel, von denen einige noch von den letzten Strahlen der untergehenden Sonne beschienen waren. Inzwischen bedeckten bereits die Schatten der Berge die Wälder in den Tälern; der Wind legte sich, wie er es beim Untergang der Sonne zu tun pflegt; tiefe Stille herrschte in diesen Einöden, und man vernahm keinen anderen Laut als das Röhren der Hirsche, die in dieser abgelegenen Gegend ihr Nachtlager suchten. In der Hoffnung, daß irgendein Jäger es hören könnte, schrie Paul aus voller Brust: „Zu Hilfe! Kommt Virginie zu Hilfe! Virginie!“ Aber nur das Echo des Waldes antwortete seiner Stimme und wiederholte vielfach: „Virginie! . . . Virginie!“

Paul stieg nun, niedergedrückt von Mattheit und Kummer, vom Baum herab. Er dachte darüber nach, wie sie die Nacht an diesem Ort zubringen könnten; aber es war weder eine Quelle noch ein Palmbaum vorhanden, noch selbst genug trockene Reiser, um Feuer zu machen. Die Erfahrung ließ ihn die ganze Hilflosigkeit empfinden, und er fing an zu weinen. Virginie sagte zu ihm:

„Weine nicht, mein Freund, wenn mich der Kummer nicht ganz niederdrücken soll. Ich bin die Ursache aller deiner Leiden und derer, die jetzt unsere Mütter fühlen. Man sollte nichts tun, nicht einmal das Gute, ohne seine Eltern um Rat zu fragen. Ich bin sehr unklug gewesen!“ Und auch ihre Tränen begannen zu fließen. Dennoch sagte sie zu Paul: „Laß uns Gott bitten, mein Bruder, und er wird sich unser erbarmen.“

Kaum hatten sie ihr Gebet begonnen, als sie einen Hund bellen hörten. „Das ist der Hund eines Jägers“, sagte Paul, „der abends auf dem Anstand Hirsche schießen will.“ Kurz darauf hörte man das Hundegebell stärker.

„Es kommt mir vor“, sagte Virginie, „als ob es Fidèle, unser Haushund, sei. Ja, ja, ich erkenne seine Stimme; sind wir wirklich unserem Ziel so nahe und am Fuß unseres Berges?“

In der Tat, einen Augenblick später war Fidèle zu ihren Füßen, bellend, heulend, winselnd und sie mit Liebkosungen überhäufend. Während sie sich noch

von ihrem Erstaunen nicht erholen konnten, sahen sie Domingo, der auf sie zueilte. Beim Anblick dieses guten Schwarzen, der vor Freude weinte, fingen auch sie an zu weinen und konnten kein Wort hervorbringen. Als Domingo wieder sprechen konnte, brach er in die Worte aus:

„O meine jungen Gebieter, in welcher Unruhe befinden sich eure Mütter! Wie bestürzt sind sie gewesen, als sie euch bei der Rückkehr aus der Messe, wohin ich sie begleitet hatte, nicht zu Hause fanden! Marie, die weiter weg arbeitete, wußte uns nichts zu sagen, wohin ihr gegangen wart. Ich ging um die Pflanzung herum und wieder zurück, ohne selbst zu wissen, in welcher Richtung ich euch suchen sollte. Zuletzt nahm ich eure Kleider, ließ sie von Fidèle beschnuppern, und auf der Stelle, als ob das gute Tier mich verstanden hätte, machte er sich auf die Spur eurer Fährte. Immer mit dem Schwanz wedelnd, hat er mich bis zum Schwarzen Fluß geleitet. Dort erfuhr ich von einem Pflanzer, daß ihr ihm eine entlaufene Negerin zurückgebracht habt und daß er euch ihre Begnadigung zugestanden hat. Aber was für eine Begnadigung! Er hat sie mir gezeigt, mit einer Kette um den Fuß an einen Holzblock gefesselt und ein Eisenband mit drei Haken um den Hals. Von da hat mich Fidèle, immerfort wedelnd, auf den Hügel am Schwarzen Fluß geführt, wo er stehenblieb und aus Leibeskräften bellte. Das war am Rand einer Quelle neben einer gefällten Palme und in der Nähe einer Feuerstätte, die noch rauchte; endlich hat er mich hierher gebracht. Wir sind am Fuß des Gebirges der ‚Drei Brüste' und haben noch vier gute Meilen bis nach Hause. Nun eßt und stärkt euch wieder!" Damit reichte er ihnen einen Kuchen, Früchte und einen großen Flaschenkürbis, gefüllt mit einem aus Wasser, Wein, Zitronensaft, Zucker und Muskat zusammengesetzten Getränk, das ihre Mütter zu ihrer Stärkung und Erquickung bereitet hatten. Virginie seufzte bei der Erinnerung an die arme Sklavin und über den Kummer ihrer Mutter. Sie wiederholte mehrmals:

„O wie schwer ist es doch, das Gute zu tun!"

Während Paul und sie sich erfrischten, zündete Domingo Feuer an, und nachdem er zwischen den Felsen ein gewundenes Holz gesucht hatte, das man Rundholz nennt und das noch grün brennt und eine große Flamme gibt, machte er daraus eine Fackel, die er anzündete; denn es war schon Nacht. Es zeigte sich aber ein weit größeres Hindernis, als man aufbrechen wollte: Paul und Virginie konnten keinen Schritt mehr tun;

ihre Füße waren angeschwollen und blutrot. Domingo wußte nicht, ob er sich von ihnen entfernen und Hilfe holen oder hier die Nacht mit ihnen zubringen sollte.

„Wo ist die Zeit hin", sagte er zu ihnen, „als ich euch alle beide zugleich auf den Armen trug? Aber jetzt seid ihr groß, und ich bin alt."

Während er sich noch in dieser Verlegenheit befand, ließ sich in einer Entfernung von zwanzig Schritt eine Anzahl flüchtiger Neger sehen. Der Führer dieser Schar näherte sich Paul und Virginie und sagte zu ihnen: „Ihr guten kleinen Weißen, habt keine Furcht; wir haben euch heute morgen mit einer Negerin vom Schwarzen Fluß vorübergehen sehen; ihr wolltet ihren grausamen Herrn um Gnade für sie bitten. Zum Dank dafür wollen wir euch auf unseren Schultern nach Hause tragen." Auf seinen Wink machten darauf vier der stärksten Schwarzen sogleich ein Tragbett aus Baumzweigen und Schlinggewächsen, setzten Paul und Virginie darauf, hoben sie auf ihre Schulter und

begannen – Domingo mit seiner Fackel voraus – ihren Zug unter dem Freudengeschrei der ganzen Schar, die beide mit Segenswünschen überschüttete. Virginie sagte gerührt zu Paul: „O mein Freund, niemals läßt doch Gott eine Wohltat unbelohnt!“

Um Mitternacht langten sie am Fuß ihres Berges an, dessen Gipfel von mehreren Feuern erhellt war. Kaum begannen sie hinaufzusteigen, als sie Stimmen vernahmen, die riefen:

„Seid ihr es, meine Kinder?“

Sie antworteten zugleich mit den Schwarzen: „Ja,

wir sind es!“ Und bald erblickten sie ihre Mütter und Marie, die ihnen mit brennenden Holzscheiten entgegenkamen.

„Unglückliche Kinder“, sagte Mme de la Tour, „woher kommt ihr? In welche Angst habt ihr uns gestürzt!“

„Wir kommen vom Schwarzen Fluß“, sagte Virginie, „wo wir um Gnade für eine arme entlaufene Sklavin baten, der ich heute morgen unser Frühstück gab, weil sie vor Hunger halb tot war; und diese flüchtigen Schwarzen hier haben uns zurückgebracht.“

Mme de la Tour umarmte ihre Tochter, ohne sprechen zu können, und Virginie, die ihr Gesicht von den Tränen ihrer Mutter benetzt fühlte, sagte zu ihr: „Du entschädigst mich für alles Schlimme, was ich erduldet habe!“

Marguerite schloß, außer sich vor Freude, Paul in

ihre Arme und sagte zu ihm: „Und auch du, mein Sohn, du hast eine gute Tat vollbracht!“

Als sie mit ihren Kindern in ihren Hütten angekommen waren, gaben sie den Negern gut zu essen, worauf diese, unter Glückwünschen aller Art, in ihre Wälder zurückkehrten.

Jeder Tag war für diese Familien ein Tag des Glücks und des Friedens. Weder Neid noch Ehrgeiz beunruhigten sie. Sie verlangten nicht nach einem äußerlichen leeren Ansehen, das die Intrige verleiht und die Verleumdung wieder raubt. Es genügte ihnen, ihre eigenen Zeugen und Richter zu sein. Auf dieser Insel, wo man, wie in allen europäischen Kolonien, nur auf boshafte Anekdoten neugierig ist, waren ihre Tugenden, ja selbst ihre Namen unbekannt. Nur wenn auf dem Weg der Pampelmusen ein Vorüberreisender einen Bewohner der Ebene fragte: „Wer wohnt da oben in diesen kleinen Häuschen?“ so antwortete dieser, ohne sie weiter zu kennen: „Es sind gute Leute.“ So hauchen Veilchen unter Dorngebüschen fernhin ihre süßen Düfte aus, wenn sie auch niemand sieht.

Sie hatten aus ihren Gesprächen alle üble Nachrede verbannt, die, unter dem Schein gerechten Urteils, notwendigerweise das Herz zu Haß oder Falschheit geneigt macht; denn es ist unmöglich, die Menschen nicht zu hassen, wenn man sie für bösartig hält, und mit den Schlechten zu leben, wenn man ihnen nicht seinen Haß unter dem Anschein von Wohlwollen verbirgt. So nötigt uns die üble Nachrede, mit den anderen oder mit uns selbst im Mißverhältnis zu leben. Jene unterhielten sich dagegen, ohne die Menschen im besonderen zu beurteilen, nur über die Mittel, allen zusammen Gutes zu erweisen, und wenn sie auch nicht das Vermögen dazu besaßen, so hatten sie doch stets den guten Willen dazu, und dieser erfüllte sie mit einem Wohlwollen, das sich zu äußern jederzeit bereit war. Indem sie also in der Einsamkeit lebten, waren sie, statt zu verwildern, vielmehr menschlicher geworden. Wenn die Lästerchronik der Gesellschaft ihrer Unterhaltung keinen Stoff lieferte, so erfüllte sie die Natur mit Entzücken und Freude. Mit inniger Lust bewunderten sie die Allmacht einer Vorsehung, die mitten in diesen unfruchtbaren Felsen durch ihre Hände Überfluß, Anmut und reine, einfache und stets neue Freuden bereitet hatte.

Paul, nun zwölf Jahre alt, kräftiger und umsichtiger als die Europäer mit fünfzehn, suchte zu verschönern, was der Neger Domingo nur eben anbauen konnte. Er ging mit ihm in die nahen Wälder, um junge Pflanzen von Zitronen-, Apfelsinen- und Tamarindenbäumen, deren runde Krone ein so schönes Grün hat, ebenso von Dattelpalmen, deren Frucht eine zuckersüße und wie Orangenblüte duftende Creme enthält, mit den Wurzeln auszuheben. Diese schon recht großen Bäume pflanzte er rings um die Einhegung. Dort hatte er auch Kerne von Bäumen gesteckt, die mit dem zweiten Jahr Blüten oder Früchte tragen, wie z. B. den Agathis, an welchem ringsherum, wie die Kristalle eines Kronleuchters, lange weiße Blütentrauben herabhängen; den persischen Flieder, der seine leingrauen Zweige wie Armleuchter gerade in die Luft streckt; den Melonenbaum, dessen zweigloser, säulenartiger und mit grünen Melonen dichtbesetzter Stamm einen Knauf breiter Blätter, ähnlich denen des Feigenbaumes, trägt.

Außerdem hatte er dort Kerne und Nüsse von Badamien, Mango- und Avocabäumen, von Guajaven, von Brotbäumen und Jamrosen gesteckt. Die meisten dieser Bäume gaben bereits ihrem jungen Pflanzer Schatten und Früchte. Seine arbeitsame Hand hatte sogar an den unfruchtbarsten Stellen dieser Gegend Fruchtbarkeit verbreitet. Verschiedene Arten Aloe, der indische Feigenbaum mit gelb und rot gestreiften Blüten, die

stachligen Fackeldisteln erhoben sich an den schwarzen Häuptern der Felsen und schienen die langen Schlinggewächse erreichen zu wollen, die, mit blauen und scharlachroten Blumen beladen, hier und da an den steilen Abhängen des Berges niederhingen.

Er hatte alle diese Pflanzen auf solche Weise verteilt, daß man sie mit einem Blick überschauen und genießen konnte. In die Mitte des Tales hatte er die Kräuter gepflanzt, die sich nur wenig über den Boden erheben; weiterhin die Sträucher, dann die mittelhohen Bäume und endlich die großen Bäume, welche die Umfassung begrenzten: so daß dieser ganze weite Bereich von seinem Mittelpunkt aus wie ein Amphitheater von grünem Laubwerk, Früchten und Blumen erschien, welches Küchengewächse, Wiesenplätze und Reis- und Kornfelder einschloß. Indem er diese Pflanzen seinem Plan unterwarf, hatte er sich indessen nicht von dem der Natur entfernt. Ihren Fingerzeigen folgend, hatte er an den höher gelegenen Orten diejenigen angepflanzt, deren Samen geflügelt ist, und an den Rändern der Gewässer solche, deren Samenkörner zum Schwimmen eingerichtet sind. So wuchs jede Pflanze an ihrem geeigneten Platz, und jede Stelle erhielt durch ihre Bepflanzung ihre naturgemäße Zierde. Die Bäche, die von den Gipfeln dieser Felsen herabfließen, bildeten im Grund des Tales hier Brunnen, dort breite Spiegel, die mitten im Grün die blühenden Bäume, die Felsen und den Azur des Himmels widerspiegelten.

Ungeachtet der großen Unebenheit des Bodens waren doch größtenteils alle diese Anpflanzungen ebenso leicht zugänglich wie überschaubar. Wir halfen ihm aber auch alle mit Rat und Tat, um damit zurechtzukommen. Er hatte einen Fußpfad angelegt, der um das Talbecken herumlief und von dem mehrere Abzweigungen vom Umkreis nach dem Mittelpunkt zu liefen. Selbst aus den unebensten Stellen hatte er Vorteil zu ziehen und durch die glücklichste Übereinstimmung die Bequemlichkeit des Spazierweges mit der Rauhigkeit des Bodens auszugleichen, die wilden Bäume mit den veredelten zu verbinden gewußt. Aus der ungeheuren Menge von losen Steinen, die jetzt diese Wege sowie den größten Teil des Bodens dieser Insel ungangbar machen, hatte er hier und da Pyramiden errichtet, zwischen deren Lagen er Erde und

Wurzeln von Rosensträuchern, dem schönen Pfauenschwanz und anderen Sträuchern anbrachte, die den felsigen Untergrund lieben. In kurzer Zeit waren diese dunklen und rohgestalteten Pyramiden mit Grün oder mit dem Glanz der schönsten Blumen überdeckt. Die Schluchten, besäumt mit alten Bäumen, die sich über ihre Ränder neigten, bildeten unterirdische Gewölbe, wohin die Hitze nicht dringen konnte und wo man während des Tages Kühlung schöpfen konnte. Ein Pfad führte in ein Gebüsch wilder Bäume, in dessen innerster Mitte, geschützt vor den Winden, ein veredelter, mit Früchten beladener Baum wuchs. Hier war ein Saatfeld, dort ein Obstgarten; durch diese Allee hier erblickte man die Häuser, durch jene andere die unzugänglichen Gipfel der Berge. Unter einem dichten, mit Lianen verwachsenen Gebüsch von Tatamaken konnte man am hellen Mittag keinen Gegenstand unterscheiden. Auf dem Gipfel jenes nahen hohen Felsens, der aus dem Berg hervorsteht, hatte man eine Aussicht über die ganze Umgebung, mit dem Meer in der Ferne, auf dem dann und wann ein Schiff erschien, das aus Europa kam oder dahin zurückkehrte. Auf diesem Felsen kamen die Familien des

Abends zusammen und genossen still und wortlos die Kühle der Luft, den Duft der Blumen, das Murmeln der Quellen und die letzten Harmonien von Licht und Schatten.

Nichts war lieblicher als die Namen, die man den meisten der reizenden Ruheplätze dieses Labyrinthes gegeben hatte. Jener Felsen, von dem ich soeben sprach und von wo man mich von weitem kommen sah, hieß „die Entdeckung der Freundschaft“. Paul und Virginie hatten dort bei ihren Spielen eine Bambusstaude gepflanzt, an deren Spitze sie ein weißes Taschentuch banden, um meine Ankunft zu verkünden, sobald sie mich erblickten, gerade so, wie man beim Anblick eines Schiffes in der See auf dem benachbarten Berg eine Flagge aufsteckt. Es kam mir der Gedanke, eine Inschrift auf diese Rohrstange einzugraben. Welch Vergnügen ich auch auf meinen Reisen beim Anblick einer Statue oder eines Denkmals aus dem Altertum empfunden habe, so gewährte es mir doch noch ein größeres, eine wohlerdachte Inschrift zu lesen. Es ist mir dann, wie wenn eine Stimme aus dem Stein käme, sich durch Jahrhunderte vernehmbar machte und zu dem Menschen, mitten in der Einsamkeit sprechend, sagte, daß er nicht allein sei, sondern daß auch andere Menschen an eben diesen Orten empfunden, gedacht und gelitten haben wie er. Wenn nun eine solche Inschrift von irgendeinem alten, nicht mehr vorhandenen Volk herrührt, so versetzt sie unsere Seele gleichsam in die Gefilde des Unendlichen und gibt ihr die Ahnung ihrer Unvergänglichkeit, indem sie ihr zeigt, daß ein Gedanke sogar den Untergang eines Reiches überlebt hat.

So schrieb ich denn auf den kleinen Flaggenmast von Paul und Virginie die Verse des Horaz:

„. . . *Fratres Helenae, lucida sidera,*
Ventorumque regat pater,
Obstrictis aliis, praeter Japyga.“

„Mögen die Brüder der Helena, reizende Gestirne

wie ihr, möge der Vater der Winde euch leiten und nur den Zephyr wehen lassen.“

In die Rinde eines Tatamakbaums, in dessen Schatten sich Paul zuweilen setzte, um in der Ferne das bewegte Meer zu betrachten, schnitt ich den Vers Vergils:

„Fortunatus et ille deos qui novit agrestes!“

„Glücklich derjenige, mein Sohn, der nur die ländlichen Gottheiten kennt!“

Und an der Hütte von Mme de la Tour, die ihr Versammlungsort war, setzte ich folgenden anderen über die Tür:

„At secura quies, et nescia fallere vita.“

„Hier wohnt ein gutes Gewissen und welches nie zu täuschen versteht.“

Virginie schenkte indessen meinem Latein keinen Beifall; sie meinte, was ich unter ihre Windfahne gesetzt habe, sei zu lang und zu gelehrt.

„Ich hätte lieber gehabt", setzte sie hinzu: „Stets bewegt, aber beständig."

„Dieser Spruch", erwiderte ich, „würde freilich der Tugend noch besser anstehen." Meine Bemerkung machte sie erröten.

Die glücklichen Familien drückten allem, was sie umgab, das Gepräge ihrer gefühlvollen Seelen auf. Sie hatten den anscheinend gleichgültigsten Gegenständen die zärtlichsten Namen gegeben. Ein Kreis von Orangenbäumen, Bananen und Jamrosen, um einen Rasenplatz gepflanzt, in dessen Mitte Virginie und Paul bisweilen tanzten, hieß „die Eintracht". Einen alten Baum, in dessen Schatten Mme de la Tour und Marguerite sich ihre Leiden mitgeteilt hatten, nannte man „die gestillten Tränen". Kleine Flecken Landes, wo sie Korn gesät und Erdbeeren und Erbsen gepflanzt hatten, ließen sie die Namen „Bretagne und Normandie" tragen. Domingo und Marie, die nach dem Beispiel ihrer Gebieterinnen auch eine Erinnerung an ihre Geburtsstätten in Afrika zu haben wünschten, nannten zwei Stellen, wo das Gras wuchs, aus dem sie ihre Körbe verfertigten, und wo sie einen Flaschenkürbisbaum gepflanzt hatten, „Angola und Foullepointe“. Durch solche Erzeugnisse ihres heimatlichen Bodens nährten diese verbannten Familien die süße Illusion der Heimat und beschwichtigten damit den Schmerz, auf fremder Erde leben zu müssen. Ach! von tausend Liebesbenennungen habe ich die Bäume, die Quellen, die Felsen dieser Gegend belebt gesehen, die jetzt verödet ist und gleich einem Gefilde Griechenlands nur noch Trümmer und rührende Namen darbietet.

Unter allem aber, was dieses Gebiet in sich schloß, war nichts anmutiger als „Virginies Ruh“. Am Fuß des Felsens, der „Entdeckung der Freundschaft“ hieß, befindet sich eine Vertiefung, aus der eine Quelle hervorkommt, die gleich bei ihrem Ursprung mitten auf einer Wiese von zartestem Gras einen kleinen Weiher bildet. Als Paul zur Welt gekommen war, machte ich Marguerite ein Geschenk mit einer indischen Kokosnuß, die ich von irgendwem erhalten hatte. Sie pflanzte diese Frucht an den Rand dieses Weiherchens, damit der Baum, der daraus erwachsen würde, einst als Zeitmaß für die Geburt ihres Sohnes dienen möchte. Ihrem Beispiel folgend, pflanzte Mme de la Tour, nachdem sie mit Virginie niedergekommen war, eine andere Frucht in derselben Absicht dorthin. Diesen zwei Früchten entsproßten zwei Kokosbäume, die das Hausarchiv beider Familien bildeten; der eine wurde der Baum Pauls, der andere der Baum Virginies genannt. Beide wuchsen, in gleichem Verhältnis mit ihren jungen Besitzern, in etwas ungleicher Höhe, die jedoch nach zwölf Jahren die ihrer Hütten übertraf. Schon verflochten sich ihre Zweige und ließen die jungen Kokostrauben über das Becken der Quelle hängen. Mit Ausnahme dieser Anpflanzung hatte man die Vertiefung in dem Felsen so gelassen, wie sie von Natur beschaffen war. An ihren braunen und feuchten Seiten breiteten sich in grünen und schwarzen Sternen breite Frauenhaare aus und wiegten sich im Hauch der Winde dichte Büschel von Zungenfarnen, die wie lange Bänder von purpurfarbenem Grün in der Luft schwebten. Nahe dabei wuchsen Raine von Frauenminze, deren Blumen dem Goldlack ziemlich ähnlich sehen, und spanischer Pfeffer, dessen blutfarbige Schoten glänzender sind als Korallen. In der Umgebung hauchten das Balsamkraut mit seinen herzförmigen Blättern und Basiliken mit ihrem Levkojengeruch die süßesten Düfte aus. Von der Höhe der steilen Abdachung des Gebirges hingen Lianen herab, gleich fliegenden Stoffbahnen, und bildeten an den Felsenwänden große grüne Vorhänge. Die Seevögel, angelockt durch diese friedlichen Schlupfwinkel, kamen herbei, um die Nacht hier zuzubringen. Bei Sonnenuntergang sah man den Kormoran und die Seelerche längs des Meeresufers hinfliegen, und hoch in der Luft die schwarze Fregatte und den weißen Tropikvogel (Phaethon), die mit dem Tagesgestirn die Einsamkeit des Indischen Ozeans flohen. Virginie ruhte gern am Rand dieser Quelle, die mit einer zugleich großartigen und wilden Pracht geschmückt war. Oft kam sie, das Leinenzeug der Familie im Schatten der beiden Kokosbäume zu waschen; bisweilen führte sie auch ihre Ziegen dahin zur Weide. Während sie aus der Milch Käse bereitete, machte es ihr Vergnügen zuzusehen, wie sie an den steilen Abhängen des Felsens das Frauenhaar abfraßen und sich auf einem der Felsenvorsprünge wie auf einem Sockel aufrecht hielten. Da Paul bemerkte, daß dieser Ort Virginies Lieblingsplätzchen war, brachte er aus dem nahen Wald Nester von allerlei Vögeln dahin. Die Alten dieser Vögel folgten ihren Jungen nach und nahmen bald den neuen Nistplatz an. Virginie streute ihnen von Zeit zu Zeit Körner von Reis, Mais und Hirse hin. Sobald sie sich blicken ließ, kamen die Spottdrosseln, die Bengalis mit ihrem süßen Gezwitscher, die Kardinalvögel mit ihrem feuerfarbenen Gefieder aus ihrem Laubversteck hervor; Papageien, grün wie Smaragde, ließen sich von den nahen Latanien nieder; Rebhühner eilten durch das hohe Gras herbei: alle, bunt durcheinander, kamen bis vor ihre Füße wie Hühner. Paul und sie erfreuten sich mit Entzücken an ihren Spielen, ihrem Appetit und ihrer Zutraulichkeit.

Liebenswerte Kinder! In solcher Unschuld verbrachtet ihr eure erste Jugend, indem ihr euch im Wohltun übtet! Wie oft schlossen eure Mütter euch an diesem Ort in die Arme und dankten dem Himmel für den Trost, den ihr ihrem Alter verspracht, und daß sie euch unter so günstigem Stern ins Leben treten sahen! Wie oft habe ich im Schatten dieser Felsen mit ihnen eure ländlichen Mahlzeiten geteilt, die keinem Tier das Leben kosteten! Kürbisflaschen voll Milch, frische Eier, Reiskuchen auf Bananenblättern, Körbchen voll Süßkartoffeln, Mangofrüchte, Orangen, Granaten, Bananen, Datteln und Ananas gewährten zugleich die gesündeste Kost, die heitersten Farben und die wohlschmeckendsten Säfte.

Die Unterhaltung war ebenso prunklos und unschuldig wie diese Mahlzeiten. Paul sprach dabei oft von den Arbeiten des gegenwärtigen und des nächsten Tages. Er sann immer auf etwas Nützliches für die Familie. Hier waren die Pfade unbequem, dort saß man schlecht; diese jungen Lauben gaben nicht genug Schatten; Virginie sollte es dort besser gefallen.

Die Regenzeit brachten sie den Tag über alle zusammen in der Hütte zu, Herrschaft und Sklaven beschäftigt, Grasmatten und Bambuskörbe anzufertigen. In größter Ordnung sah man an den Wänden der Mauer Rechen, Hacken und Spaten hängen, und neben diesen Werkzeugen des Landbaues die Erzeugnisse, die man als Ertrag gewonnen hatte: Säcke mit Reis, Garben von Roggen, Bananenfrüchte. Der

Wohlgeschmack verband sich hier stets mit dem Überfluß. Von Marguerite und ihrer Mutter darin unterrichtet, bereitete Virginie Sorbets und Herzstärkungen aus dem Saft von Zuckerrohr, Zitronen und Zitronatfrüchten.

War die Nacht herbeigekommen, so aßen sie ihr Abendbrot beim Schein einer Lampe. Dann erzählten Mme de la Tour oder Marguerite einige Geschichten von Reisenden in Europa, die sich in der Nacht in den Wäldern verirrt hatten und von Räubern überfallen wurden, oder von dem Schiffbruch irgendeines durch den Sturm an die Felsen einer einsamen Insel geschmetterten Schiffes. Bei diesen Erzählungen entflammten sich die empfindsamen Herzen ihrer Kinder. Sie baten den Himmel um die Gnade, auch einmal Gastfreundschaft gegenüber solch Unglücklichen ausüben zu können. Schließlich trennten sich beide Familien, um sich zur Ruhe zu begeben, ungeduldig das Wiedersehen am nächsten Morgen erwartend. Oft schliefen sie unter dem Geräusch des Regens ein, der sich in Strömen auf das Dach ihrer Hütten ergoß, oder beim Brausen der Winde, die ihnen das ferne, dumpfe Rollen der am Gestade sich brechenden Wellen zutrugen. Dann dankten sie Gott für die eigene Sicherheit, ein Gefühl, das sich durch die Kenntnis der fernen Gefahr verdoppelte.

Von Zeit zu Zeit las Mme de la Tour im Beisein aller irgendeine rührende Begebenheit aus dem Alten oder dem Neuen Testament vor. Sie sprachen wenig über diese heiligen Bücher; denn ihre Theologie bestand ganz im Gefühl wie die der Natur und ihre Sittenlehre ganz im Handeln wie die des Evangeliums. Sie hatten keine besonders für das Vergnügen, wie keine für die Trauer bestimmten Tage; jeder Tag war vielmehr ein Festtag für sie, und alles, was sie umgab, ein Tempel Gottes, in welchem sie ohne Unterlaß eine unendliche, allmächtige und den Menschen freundliche Einsicht bewunderten. Dieses Gefühl von Zuversicht auf die höchste Macht erfüllte sie mit Trost über die Vergangenheit, mit Mut für die Gegenwart und mit Hoffnung für die Zukunft. In solcher Weise hatten diese Frauen, welche das Unglück gezwungen hatte, wieder zur Natur zurückzukehren, in sich selbst wie in ihren Kindern jene Gefühle entwickelt, welche die Natur verleiht, um uns nicht dem Unglück anheimfallen zu lassen.

Aber da sich bisweilen in der wohlgeordnetsten Seele Wolken erheben, die sie trüben, so vereinigten sich, wenn irgendein Mitglied ihres Kreises traurig schien, alle übrigen um es und suchten es, mehr durch ihr Mitgefühl als durch Überlegungen, den nagenden Gedanken zu entziehen. Jeder verwandte darauf seinen besonderen Charakter: Marguerite eine lebhafte Heiterkeit; Mme de la Tour ein sanftes Gottvertrauen; Virginie zärtliche Liebkosungen; Paul offenes Wesen und Herzlichkeit. Selbst Marie und Domingo kamen zu Hilfe: Sie waren traurig, wenn sie einen betrübt sahen, und weinten mit, wenn sie ihn weinen sahen. So schlingen sich schwache Pflanzen ineinander, um gemeinsam den Stürmen zu widerstehen.

Die schöne Jahreszeit führte sie jeden Sonntag zur Messe in die Kirche der Pampelmusen, deren Glockenturm Ihr da unten in der Ebene seht. Es kamen reiche Pflanzer im Palankin dort hin, die sich mehrmals um die Bekanntschaft dieser eng verbundenen Familien bemühten und sie zur Teilnahme an Ausflügen einluden. Aber sie lehnten ihre Anerbietungen stets mit Anstand und Höflichkeit ab, in der Überzeugung, daß angesehene Leute Geringere nur in der Absicht suchen, Gefällige um sich zu haben, und daß man ihnen nur dann gefällig sein kann, wenn man ihren guten oder schlimmen Neigungen schmeichelt. Anderseits vermieden sie mit nicht geringerer Sorgfalt den vertraulichen Umgang mit den kleinen, in der Regel mißgünstigen, verleumderischen und rohen Pflanzern. Sie galten anfangs bei den einen als scheu, bei den andern als stolz; aber ihr zurückhaltendes Benehmen war von so verbindlichen Zeichen der Höflichkeit, hauptsächlich gegenüber Notleidenden, begleitet, daß sie sich nach und nach die Achtung der Reichen und das Zutrauen der Armen erwarben.

Nach der Messe bat man sie oft um einen Liebesdienst. Wenn jemand Sorgen hatte, suchte er bei ihnen Rat, oder ein Kind fragte sie, ob sie zu seiner kranken Mutter in eins der benachbarten Viertel kommen könnten. Sie hatten stets einige für die Krankheiten, die bei den Einwohnern gewöhnlich vorkamen, heilsame Mittel bei sich und verteilten sie mit jener Liebenswürdigkeit, die selbst kleinen Diensten einen großen Wert verleiht. Vor allem glückte es ihnen, Gemütsleiden, die in der Einsamkeit und bei einem kranken Körper so unerträglich sind, zu lindern. Mme de la Tour sprach mit solcher Zuversicht von Gott, daß der Kranke, wenn er ihr zuhörte, ihn gegenwärtig glaubte. Virginie kam sehr oft von solchen Besuchen mit tränenfeuchten Augen zurück, aber ihr Herz war voll Freude; sie hatte ja Gelegenheit gehabt, Gutes zu tun. Sie war es, die im voraus die den Kranken nötigen Arzneimittel bereitete und sie ihnen mit einer unbeschreiblichen Anmut reichte. Nach diesen menschenfreundlichen Besuchen machten sie bisweilen einen Umweg durch das Tal des „Langen Gebirges" bis zu meinem Haus, wo ich sie dann an den Ufern des kleinen Flusses, der in meiner Nachbarschaft fließt, zum Mittagessen erwartete. Für diese Gelegenheiten hatte ich mich mit einigen Flaschen alten Weins versorgt, um die Heiterkeit unserer indianischen Mahlzeiten durch diese angenehmen und herzstärkenden

Erzeugnisse Europas zu erhöhen. Ein andermal veranstalteten wir eine Zusammenkunft an der Küste, bei der Mündung einiger kleiner Flüsse, die bei uns nicht viel mehr als große Bäche sind. Wir brachten von daheim pflanzliche Kost mit und vereinten sie mit dem, was das Meer uns an Lebensmitteln in Überfluß darbot. Wir fischten an den Ufern Kaulköpfe, Polypen, Rotfedern, große und kleine Seekrebse, Krabben, Seeigel, Austern und Muscheln aller Art. Die abschreckendsten Plätze verschafften uns oft die friedlichsten Vergnügungen. Bisweilen saßen wir auf einem Felsen im Schatten eines Samtbaumes und sahen zu, wie die Wogen der offenen See heranfluteten und sich mit fürchterlichem Getöse zu unseren Füßen brachen. Paul, der übrigens schwimmen konnte wie ein Fisch, ging bisweilen auf den Riffen den Wogen entgegen; bei ihrem Herannahen floh er dann zum Ufer zurück vor den schäumenden und brüllenden Brechern, die ihn bis weit auf den Ufersand verfolgten. Bei diesem Anblick aber stieß Virginie Angstschreie aus und sagte, sie fände einen solchen Zeitvertreib schrecklich.

Nach unseren Mahlzeiten vergnügten sich die beiden jungen Leute mit Gesängen und Tänzen. Virginie sang vom Glück des Landlebens und von den Gefahren der Seeleute, welche die Habsucht auf ein tobendes Element hinaustreibt, statt daß sie das Land bebauten, das so viele Güter friedlich gewährt. Bisweilen führte sie, nach Art der Schwarzen, mit Paul eine pantomimische Darstellung auf. Die Pantomime ist die erste Sprache des Menschen; sie ist bei allen Völkern zu Hause. Sie ist so natürlich und ausdrucksvoll, daß die Kinder der Weißen sie in kurzer Zeit lernen, wenn sie die der Schwarzen sich darin haben üben sehen. Virginie rief sich von den Geschichten, die ihre Mutter vorgelesen hatte, diejenigen ins Gedächtnis, die sie am meisten ergriffen hatten, und gab die Hauptbegebenheiten daraus mit großer Natürlichkeit wieder. Bald erschien sie beim Ton von Domingos Tamtam auf dem Platz und hielt einen Krug auf ihrem Kopf; schüchtern schritt sie zur Quelle eines nahen Brunnens, um Wasser zu schöpfen. Domingo und Marie, welche die Hirten von Midian darstellten, verwehrten ihr näherzukommen und taten, als drängten sie sie zurück. Paul eilte ihr zu Hilfe, schlug die Hirten in die Flucht, füllte den Krug Virginies und hob ihr ihn auf den Kopf, während er ihr zugleich einen Kranz von den roten Blüten des Immergrüns aufsetzte, der das Weiß ihrer Haut erhöhte. Dann zogen sie auch mich in ihre Spiele; ich übernahm die Rolle Reguels und bewilligte Paul meine Tochter Zipora zur Ehe.

Ein andermal stellte sie die unglückliche Ruth dar, die verwitwet und arm in ihr Land zurückkehrt, wo sie sich nach langer Abwesenheit als Fremde findet. Domingo und Marie spielten die Schnitter. Virginie tat, als läse sie hinter ihren Schritten hier und da einige Kornähren auf. Paul nahm die ernste Würde eines Patriarchen an und richtete das Wort an sie; bebend antwortete sie auf seine Fragen. Bald von Mitleid bewegt, bewilligte er der Unschuld Gastfreundschaft, der Unglücklichen einen Zufluchtsort. Er füllte Virginies Schürze mit Lebensmitteln aller Art, führte sie vor uns als den Ältesten der Stadt und erklärte, daß er sie ungeachtet ihrer Armut zur Frau nehmen werde. Mme de la Tour, die sich bei dieser Szene an die Verlassenheit erinnerte, der sie ihre eigenen Verwandten anheimgegeben hatten, an ihre Witwenschaft, an die liebevolle Aufnahme, die sie bei Marguerite gefunden hatte, wozu nun jetzt noch die Hoffnung auf eine glückliche Verbindung zwischen ihren Kindern kam, konnte sich des Weinens nicht enthalten, und diese Erinnerung an Schlimmes und Gutes zugleich entlockte uns allen Tränen des Schmerzes und der Freude.

Die Schauspiele wurden mit soviel Naturwahrheit dargestellt, daß man sich in die Gefilde Syriens oder Palästinas versetzt glaubte. Es fehlte uns auch nicht an den für eine solche Vorstellung geeigneten Dekorationen, noch an Beleuchtung und Musik. Die Bühne war in der Regel an einem Kreuzweg im Wald, dessen Durchlässe um uns her mehrere gewölbte Laubgänge bildeten. Wo sie zusammentrafen, waren wir den ganzen Tag über vor der Hitze geschützt; wenn aber die Sonne zum Horizont herabgestiegen war, so fielen ihre Strahlen, gebrochen durch die Stämme der Bäume, in langen, leuchtenden Garben schräg in die Schatten des Waldes ein und brachten die erhabenste Wirkung hervor. Zuweilen erschien ihre volle Scheibe am Ausgang eines Durchlasses und erfüllte diesen ganz mit Glanz und Schimmer. Das Laub der Bäume, von unten her durch ihre safranfarbenen Strahlen erleuchtet, erglänzte im Feuer des Topases und Smaragds. Ihre bemoosten, braunen Stämme schienen in Säulen von Erz verwandelt, und die Vögel, die sich schon schweigend in das dunkle Gebüsch zurückgezogen hatten, um die Nacht dort zuzubringen, begrüßten, überrascht von einer zweiten Morgenröte, wie mit einem Schlag das Gestirn des Tages aus tausend und abertausend Kehlen.

Nicht selten überraschte uns die Nacht bei diesen ländlichen Festen; aber die Reinheit der Luft und die Milde des Klimas gestatteten uns, unter einem Ajoupa mitten im Wald zu schlafen, da wir uns überdies vor Räubern, weder fernen noch nahen, nicht zu fürchten brauchten. Am anderen Morgen kehrte jeder in seine Hütte zurück und fand sie so unversehrt, wie er sie verlassen hatte. Es herrschte damals soviel Redlichkeit und Einfachheit auf dieser Insel, die noch ohne Handelsverkehr war, daß die Türen vieler Häuser nicht verriegelt wurden und ein Türschloß für nicht wenige Kreolen ein Gegenstand der Neugier war.

ber es gab Tage im Jahr, die für Paul und Virginie Anlaß größerer Festlichkeiten wurden: Dies waren die Namenstage ihrer Mütter. Virginie unterließ dann nie, am Abend zuvor Kuchen aus Weizenmehl zu backen, um sie armen Familien von Weißen zuzuschicken, die, auf der Insel geboren, niemals europäisches Brot gegessen hatten und ohne alle Hilfe von Schwarzen gezwungen waren, in den Wäldern von Maniok zu leben, zum Ertragen der Armut weder den Stumpfsinn besaßen, der mit der Sklaverei

Hand in Hand geht, noch den Mut, der eine Frucht der Erziehung ist. Diese Kuchen waren die einzigen Geschenke, die sich Virginie von dem Ertrag der Pflanzung erlauben durfte; aber die liebenswürdige Art, mit der sie sie machte, verlieh ihnen großen Wert. Anfangs war Paul damit beauftragt, sie selbst jenen Familien zu überbringen, und diese versprachen beim Empfang, am anderen Morgen zu kommen und den ganzen Tag bei Mme de la Tour und Marguerite zu verbringen. Man sah dann wohl eine Mutter mit zwei oder drei beklagenswerten bleichen und mageren Töchtern ankommen, die so scheu waren, daß sie die Augen nicht zu erheben wagten. Virginie wußte es ihnen bald behaglich zu machen; sie setzte ihnen Erfrischungen vor, deren Güte sie durch einen besonderen Hinweis hervorhob, der nach ihrer Meinung ihre Annehmlichkeit erhöhte: Jenes Getränk war von Marguerite bereitet worden, ein anderes von ihrer Mutter; diese Frucht hatte ihr Bruder selbst im Gipfel eines Baumes gepflückt. Sie bat Paul, mit ihnen zu tanzen, und entließ sie nicht eher, als bis sie sie vergnügt und zufrieden sah. Sie wollte, daß sie heiter in den Frohsinn ihrer Familie einstimmten.

„Man ist selbst nur glücklich“, sagte sie, „wenn man sich mit dem Glück anderer beschäftigt.“

Wenn sie wieder fortgingen, nötigte sie ihnen das auf, was ihnen Freude gemacht zu haben schien, indem sie die Notwendigkeit, ihre Geschenke anzunehmen, mit dem Vorwand der Neuheit oder Seltenheit verdeckte. Bemerkte sie, daß ihre Kleider zu verschlissen waren, so wählte sie, mit Einwilligung ihrer Mutter, aus ihren eigenen etliche aus und trug Paul auf, heimlich hinzugehen und sie vor die Tür ihrer Hütten zu legen. So tat sie das Gute nach dem Vorbild Gottes: Sie verbarg sich als Wohltäterin und zeigte nur die Wohltat.

Ihr Europäer, deren Geist von Kindheit an mit so vielen, dem wahren Glück hinderlichen Vorurteilen angefüllt wird, ihr könnt es nicht begreifen, daß die Natur so viele Einsichten und Freuden zu gewähren vermag. Eure auf einen kleinen Kreis menschlicher Erkenntnisse beschränkte Seele erreicht bald das Ziel ihrer erkünstelten Genüsse; die Natur aber und das Herz sind unerschöpflich. Paul und Virginie hatten weder eine Uhr noch Almanache, noch chronologische, historische oder philosophische Bücher. Die Abschnitte ihres Lebens richteten sich nach denen der Natur. Sie erkannten die Stunden des Tages am Schatten der Bäume; die Jahreszeiten an den Perioden, in welchen jene Blüten oder Früchte tragen, und die Jahre an der Anzahl ihrer Ernten. Diese einfachen Vorstellungen verbreiteten den größten Reiz über ihre Gespräche.

„Es ist Zeit zum Mittagessen", sagte Virginie zur Familie, „die Schatten der Bananen liegen an ihrem Fuß"; oder: „Die Nacht kommt heran, die Tamarinden schließen ihre Blätter."

„Wann werdet ihr uns wieder besuchen?" fragten sie einige Freundinnen aus der Nachbarschaft.

„Zur Zuckerrohrernte", antwortete Virginie.

„Euer Besuch wird uns noch viel süßer und angenehmer sein", erwiderten die jungen Mädchen.

Wenn man sie über ihr und Pauls Alter befragte, so sagte sie: „Mein Bruder ist so alt wie der große Kokosbaum am Brunnen, und ich wie der kleine. Die Mangobäume haben zwölfmal Früchte getragen und die Orangenbäume vierundzwanzigmal Blüten gehabt, seit ich auf der Welt bin." Ihr Leben schien mit dem der Bäume verknüpft, wie das der Faune und der Dryaden. Sie kannten keine anderen geschichtlichen Epochen als die des Lebens ihrer Mütter, keine andere Zeitrechnung als die ihrer Fruchtgärten und keine andere Philosophie, als jedermann Gutes zu erweisen und sich in den Willen Gottes zu ergeben.

Warum sollten die beiden jungen Leute auch reich und gelehrt nach unseren Begriffen sein? Daß sie manches entbehrten und nicht wußten, trug noch zu ihrem Glück bei. Es gab keinen Tag, an dem sie sich nicht irgendeine Hilfe leisteten, irgendwelche Einsichten mitteilten; jawohl, Einsichten, und sollten sich auch einige Irrtümer eingemischt haben: Der reine Mensch hat keine gefährlichen zu fürchten. So wuchsen diese beiden Kinder der Natur auf. Keine Sorge hatte ihre Stirn gefurcht; keine Unmäßigkeit ihr Blut verdorben; keine unglückliche Leidenschaft ihren Charakter zum Schlechten verändert. Liebe, Unschuld und Frömmigkeit entfalteten mit jedem Tag mehr die Schönheit ihrer Seele in unaussprechlicher Anmut, auf ihren Gesichtszügen, in ihrer Haltung und ihren Bewegungen. Am Morgen ihres Lebens hatten sie dessen volle Frische. So erschienen im Garten von Eden unsere ersten Eltern, als sie, aus den Händen Gottes hervorgegangen, sich zum erstenmal sahen, einander näherkamen und sich wie Bruder und Schwester anredeten: Virginie sanft, bescheiden, zutraulich wie Eva, und Paul Adam ähnlich, der mit der Statur des Mannes die Einfalt eines Kindes verband.

Manchmal, wenn er allein mit ihr war (er hat es mir tausendmal erzählt), sagte er bei der Rückkehr von seinen Arbeiten zu ihr:

„Wenn ich müde bin, so stärkt mich dein Anblick wieder. Wenn ich dich von der Höhe des Gebirges unten im Tale erblicke, so erscheinst du mir inmitten unserer Obstgärten wie eine Rosenknospe. Wenn du auf das Haus unserer Mütter zugehst, so hat das Rebhuhn, das nach seinen Jungen läuft, eine weniger schöne Gestalt und einen minder leichten Gang. Wenn ich dich auch hinter den Bäumen aus den Augen verliere, so habe ich doch nicht nötig, dich zu sehen, um dich wiederzufinden; ein gewisses unbeschreibliches Etwas von dir bleibt für mich in der Luft, in der du wandelst, auf dem Gras, wo du dich niederläßt. Wenn ich zu dir komme, so entzückst du alle meine Lebensgeister. Der Azur des Himmels ist nicht so schön wie das Blau deiner Augen, der Gesang der Bengalis nicht so süß wie der Ton deiner Stimme. Berühre ich dich nur mit der Spitze des Fingers, so schauert mein ganzer Körper vor Wonne. Erinnere dich des Tages, als wir über die rollenden Kiesel des Flusses der ‚Drei Brüste' gingen. Als wir an seinen Ufern anlangten, war ich schon sehr müde; aber als ich dich auf meinem Rücken trug, schien es mir, als hätte ich Flügel wie ein Vogel. Sage mir, durch welchen Zauber du mich so hast bezaubern können! Durch deinen Geist? Unsere Mütter haben mehr als wir beide. Durch deine Liebkosungen? Jene umarmen mich ja öfter als du. Ich glaube, durch deine Güte. Nie werde ich vergessen, daß du mit bloßen Füßen bis an den Schwarzen Fluß gegangen bist, um für eine arme flüchtige Sklavin um Gnade zu bitten. Da, mein Liebling, nimm diesen blühenden Zitronenzweig, den ich im Wald gepflückt habe, lege ihn heute nacht neben dein Lager. Iß diese Honigwabe, ich habe sie für dich hoch an einem Felsen ausgenommen. Aber vorher ruhe an meiner Brust aus, und ich werde mich erquickt fühlen."

Virginie erwiderte ihm: „O mein Bruder, die Strahlen der Morgensonne, wenn sie an den Spitzen jener Felsen erscheinen, bereiten mir weniger Freude als deine Gegenwart! Ich liebe meine Mutter sehr, ich liebe deine sehr; aber wenn sie dich ‚mein Sohn' nennen, dann liebe ich sie noch mehr.

Die Liebkosungen, die sie dir erzeigen, berühren mein Gefühl noch tiefer als diejenigen, die ich selbst von ihnen empfange. Du fragst mich, warum du mich liebst; aber es liebt sich ja alles, was zusammen aufgewachsen ist. Sieh unsere Vögel: in denselben Nestern aufgezogen, lieben sie sich wie wir, sind immer beisammen wie wir. Höre, wie sie sich rufen und sich antworten von einem Baum zum anderen. Gerade so, wenn mir das Echo die Melodien zuträgt, die du auf der Flöte hoch oben am Berg spielst, wiederhole ich die Worte dazu im Grund des Tales. Du bist mir teuer, hauptsächlich seit dem Tag, als du dich für mich mit dem Herren der Sklavin schlagen wolltest. Von dieser Zeit an habe ich mir oftmals gesagt: Ach, mein Bruder hat ein gutes Herz; ohne ihn wäre ich vor Furcht gestorben. Ich bete alle Tage zu Gott für meine Mutter, für die deinige, für dich, für unsere armen Diener; aber wenn ich deinen Namen ausspreche, so scheint sich meine Andacht zu erhöhen. Ich bitte Gott so inständig, daß er dir kein Unglück zustoßen lasse! Warum gehst du so weit und steigst so hoch, um mir Früchte und Blumen zu holen? Haben wir nicht genug in unserem Garten? Sieh, wie erschöpft du bist! Du bist ganz in Schweiß gebadet!" Und mit ihrem kleinen weißen Taschentuch trocknete sie ihm Stirn und Wangen und küßte ihn mehr als einmal.

Indessen fühlte sich Virginie seit einiger Zeit von einem unbekannten Übel ergriffen. Ihre schönen blauen Augen bekamen schwarze Schatten, ihre Haut wurde blasser; eine allgemeine Mattigkeit drückte sie nieder. Die Heiterkeit verschwand aus ihrem Gesicht, das Lächeln von ihren Lippen. Man sah sie plötzlich ausgelassen ohne Freude und traurig, ohne daß sie Verdruß gehabt hätte. Sie mied ihre unschuldigen Spiele, ihre Lieblingsbeschäftigungen und die Gesellschaft ihrer geliebten Familie. An den einsamsten Stellen der Pflanzung irrte sie umher, suchte überall Ruhe und fand sie nirgends. Bisweilen, wenn sie Paul erblickte, lief sie mutwillig auf ihn zu; dann, schon im Begriff ihn anzureden, ergriff sie eine plötzliche Verwirrung; ein lebhaftes Rot färbte ihre blassen Wangen, und sie wagte nicht mehr, ihm in die Augen zu sehen. Paul sagte zu ihr:

„Das Grün bedeckt diese Felsen; unsere Vögel singen, wenn sie dich sehen; alles ist heiter um dich her: Du allein bist traurig." Er versuchte sie aufzumuntern, indem er sie in seine Arme schloß; sie aber wandte sich ab und floh zitternd zu ihrer Mutter. Die Unglückliche fühlte sich durch die Liebkosungen ihres Bruders beunruhigt. Paul begriff nichts von den ihm so neuen und so seltsamen Launen.

Ein Übel kommt selten allein. Einer jener Sommer, die von Zeit zu Zeit die Länder zwischen den Wendekreisen heimsuchen, breitete auch bis hierher seine Verwüstungen aus. Es war gegen Ende Dezember, wenn die Sonne im Zeichen des Steinbocks drei Wochen hindurch Ile-de-France mit ihren senkrechten Strahlen erhitzt. Der Südwestwind, der hier fast das ganze Jahr hindurch herrscht, wehte nicht mehr. Lange Staubwirbel erhoben sich auf den Landstraßen und blieben schwebend in der Luft hängen.

Der Boden spaltete sich nach allen Richtungen hin; das Gras war versengt, glühende Dämpfe entstiegen den Gebirgswänden, und die meisten Bäche waren ausgetrocknet. Keine Wolke zeigte sich von der Seeseite her. Nur rotgelbe Dünste stiegen während des Tages über der Fläche empor und erschienen beim Untergang der Sonne wie Flammen einer Feuersbrunst. Selbst die Nacht gewährte der entflammten Atmosphäre keine Abkühlung. Die Scheibe des Mondes erhob sich blutrot in übermäßiger Größe am nebligen Horizont. Die Herden lagen träge an den Abhängen der Hügel, mit zum Himmel gerecktem Hals nach Luft schnappend, und erfüllten die Täler mit traurigem Gebrüll. Der Kaffer selbst, der sie hütete, warf sich auf die Erde, um hier Kühlung zu finden; aber überall war der Boden heiß, und die erstickende Luft ertönte vom Gesumm der Insekten, die sich am Blut der Menschen und der Tiere gütlich zu tun suchten.

In einer jener glutschwülen Nächte fühlte Virginie alle Anzeichen ihrer Krankheit sich verstärken. Sie stand auf, setzte sich, legte sich von neuem nieder und fand in keiner Stellung und Lage Schlaf noch Ruhe. Sie machte sich im hellen Mondschein auf den Weg zu ihrem Brunnen. Sie sah, wie die Quelle, ungeachtet der Dürre, noch in Silberfäden an den braunen Seiten des Felsens herabfloß, und stieg in das Becken hinab. Anfangs belebte die Frische ihre Sinne wieder, und tausend liebliche Erinnerungen stellen sich ihrem Geist dar. Sie dachte an ihre Kindheit, als ihre Mutter und Marguerite ihr Vergnügen daran fanden, sie und Paul an diesem Ort zu baden; wie später Paul, weil er dieses Becken ihr allein zudachte, das Bett erweitert, den Grund mit Kies bedeckt und an seinen Rand duftende Kräuter gepflanzt hatte. Sie sah im Wasser auf ihren bloßen Armen und auf ihrer Brust die beiden Palmen sich widerspiegeln, die bei ihrer und ihres Bruders Geburt gepflanzt worden waren und die nun über ihrem Haupt ihre grünen Zweige und ihre jungen Kokosnüsse ineinanderschlangen. Sie dachte an Pauls Freundschaft, süßer als alle Wohlgerüche, reiner als das Wasser der Quellen, stärker als die verschlungenen Palmbäume, und sie seufzte. Sie dachte an die Nacht, an die Einsamkeit, und ein verzehrendes Feuer ergriff sie. Erschreckt entfernte sie sich bald aus jenen gefährlichen Schatten und von jenem Wasser, heißer als die Sonnenstrahlen der sengenden

Zone. Sie eilte zu ihrer Mutter, um dort eine Stütze gegen sich selbst zu suchen. Mehrmals war sie entschlossen, ihr ihre Leiden zu klagen, und drückte ihre Hände; mehrmals war sie im Begriff, den Namen Paul auszusprechen; aber die Beklommenheit ihres Herzens lähmte ihre Zunge: Sie legte ihren Kopf an die mütterliche Brust und vermochte nichts, als sie mit ihren Tränen zu überschwemmen.

Mme de la Tour durchschaute die Ursache von Virginies Leiden wohl, aber sie selbst wagte nicht, ihr etwas darüber zu sagen. „Mein Kind", sprach sie zu ihr, „wende dich an Gott, der nach seinem Willen über Gesundheit und Leben verfügt. Heute prüft er dich, um dich morgen dafür zu belohnen. Denke daran, daß wir nur auf der Erde sind, um uns in der Tugend zu üben."

Mittlerweile hatte die übermäßige Hitze Dünste aus dem Ozean aufgezogen, welche die Insel wie ein ungeheurer Schirm bedeckten. Die Gipfel der Berge sammelten sie um sich, und lange Feuerstreifen fuhren von Zeit zu Zeit aus ihren umnebelten Spitzen hervor. Bald erdröhnten furchtbare Donnerschläge, von deren Krachen die Wälder, die Ebenen und die Täler widerhallten; unerschöpfliche Regengüsse stürzten Wasserfällen gleich vom Himmel herab. Schäumende Gießbäche strömten an den Wänden des Gebirges nieder; der Boden des Talbeckens war zum See geworden; die kleine Hochebene, auf der die Hütten stehen, zu einer Insel, und der Eingang des Tales zu einer Schleuse, durch welche sich, zusammen mit den tosenden Wassern, Erdreich, Bäume und Felsstücke fortwälzten.

Zitternd betete die ganze Familie zu Gott in der Hütte von Mme de la Tour, deren Dach von der Gewalt des Sturmes schrekkenerregend erkrachte. Obgleich die Tür und die Wetterläden fest verschlossen waren, konnte man doch die Gegenstände durch die Holzfugen unterscheiden, so lebhaft und häufig waren die Blitze. Der unerschrokkene Paul ging, von Domingo begleitet, trotz des Unwetters von einer Hütte zur anderen, hier eine Wand zu stützen, dort einen Pflock einzuschlagen, und kam nur zurück, um die Familie durch die Hoffnung auf die nahe Rückkehr des schönen Wetters zu trösten. In der Tat hörte gegen Abend der Regen auf, der regelmäßige Südostwind wehte wieder wie gewöhnlich, die Gewitterwolken wurden gegen Nordwest zerstreut, und die untergehende Sonne zeigte sich noch am Horizont.

Virginies erster Wunsch war, den Ort ihrer Ruhe wiederzusehen. Paul näherte sich ihr schüchtern und bot ihr seinen Arm, um ihr beim Gehen zu helfen. Sie nahm ihn lächelnd an, und so verließen sie miteinander die Hütte. Die Luft war frisch und rein. Weißliche Dämpfe erhoben sich von den Gipfeln des Berges, der hier und da von den schäumenden Gießbächen gefurcht war, die jetzt auf allen Seiten zu versiegen begannen. Was den Garten betrifft, so war er gänzlich verwüstet, voller Furchen und Rinnsale; der größte Teil der Fruchtbäume kehrte die Wurzeln nach oben;

große Sandhaufen bedeckten die Säume der Wiesen und hatten das Bad Virginies verschüttet; die beiden Kokosbäume standen jedoch noch aufrecht und in prangendem Grün da. Aber ringsumher gab es weder Rasenplätze mehr noch Lauben, noch Vögel, einige Bengalis ausgenommen, die auf einer nahen Felsenspitze mit klagenden Tönen den Verlust ihrer Jungen betrauerten.

Beim Anblick solcher Verwüstung sagte Virginie zu Paul: „Du hattest Vögel hierhergebracht, der Orkan hat sie getötet. Du hattest diesen Garten angepflanzt, er ist zerstört. Alles auf der Erde vergeht; der Himmel allein ist unwandelbar."

Paul antwortete ihr: „Ach, daß ich dir nichts Himmlisches geben kann; aber ich besitze ja nichts, selbst auf der Erde nichts."

Virginie versetzte errötend: „Du hast ja das Bildnis des heiligen Paul." Kaum hatte sie dies gesagt, als er schon eilte, das Bild aus der Hütte seiner Mutter herbeizuholen. Es war ein Miniaturgemälde, das den Einsiedler Paul darstellte. Marguerite hegte eine große Verehrung dafür. Sie hatte es als Mädchen lange Zeit am Hals getragen; später, als sie Mutter geworden war, hatte sie es ihrem Kind angelegt. Als sie während ihrer Schwangerschaft sich von aller Welt verlassen sah, hatte sie das Bild dieses gottseligen Einsiedlers so häufig betrachtet, daß ihr Kind einige Ähnlichkeit mit ihm erhielt. Dies hatte sie auch bestimmt, ihm den Namen Paul und zum Schutzpatron einen Heiligen zu geben, der sein Leben fern von den Menschen zubrachte, die sie selbst so getäuscht und dann verlassen hatten. Virginie empfing dieses kleine Bild aus den Händen Pauls und sagte:

„Mein Bruder, solange ich lebe, soll niemand es mir wegnehmen, und ich werde nie vergessen, daß du das einzige, was du auf der Welt besitzt, mir gegeben hast.“

Bei diesem freundschaftlichen Ton, dieser unverhofften Rückkehr von Vertraulichkeit und Zärtlichkeit, wollte Paul sie umarmen; aber leicht wie ein Vogel entschlüpfte sie ihm und ließ ihn, der ein so seltsames Benehmen nicht begreifen konnte, außer sich vor Schmerz zurück.

Inzwischen sagte Marguerite zu Mme de la Tour: „Warum verheiraten wir unsere Kinder nicht? Sie haben eine außerordentliche Leidenschaft füreinander, deren sich mein Sohn nur noch nicht bewußt ist. Wenn einmal die Natur in ihm sprechen wird, dann werden wir sie vergebens hüten; es ist alles zu fürchten.“

Mme de la Tour antwortete ihr: „Sie sind noch zu jung und zu arm. Welcher Kummer für uns, wenn

Virginie die Mutter unglücklicher Kinder würde, die zu erziehen sie vielleicht nicht die Kraft besäße! Dein Domingo ist sehr hinfällig; Marie ist kränklich; ich selbst, liebe Freundin, fühle mich nach fünfzehn Jahren sehr geschwächt. In den heißen Ländern altert man schnell, um so mehr, wenn man Kummer hat. Paul ist unsere einzige Hoffnung. Laß uns warten, bis die Zeit seinen Charakter ausgebildet hat und bis er uns durch seine Arbeit erhalten kann. Gegenwärtig haben wir, wie du weißt, tagtäglich wenig mehr als das Notwendige. Wenn wir aber Paul für einige Zeit nach Indien schicken, so wird er durch den Handel leicht die Mittel gewinnen, um sich einige Sklaven kaufen zu können, und nach seiner Rückkehr wollen wir ihn dann mit Virginie verbinden. Denn ich bin überzeugt, daß kein Mann meine liebe Tochter glücklicher machen kann als dein Sohn Paul. Laß uns darüber mit unserem Nachbarn sprechen."

In der Tat zogen mich die Frauen zu Rat, und ich war ihrer Meinung. „Die indischen Meere sind schön", sagte ich zu ihnen. „Wenn man zur Überfahrt von hier nach Indien eine günstige Jahreszeit wählt, so ist dies eine Reise von höchstens sechs Wochen, und ebensoviel Zeit erfordert die Rückkehr. Wir wollen in unserem Viertel einen Schiffsballen für Paul zusammenstellen, denn meine Nachbarn mögen ihn alle. Wenn wir ihm auch nichts mitgeben als rohe Baumwolle, von der wir, aus Mangel an Reinigungsmühlen, keinen Gebrauch machen können, etwas Ebenholz, das es hier in solchem Überfluß gibt, daß man es zur Feuerung verwendet, und einige Harzarten, die in unseren Wäldern vorkommen, so läßt sich das alles ziemlich gut in Indien verkaufen, während es für uns hier kaum einen Wert hat."

Ich übernahm es, bei M. de la Bourdonnais um eine Einschiffungserlaubnis für diese Reise nachzusuchen, und vor allem wollte ich Paul davon in Kenntnis setzen. Aber wie groß war mein Erstaunen, als dieser junge Mensch mit einem Verstand, der weit über seine Jahre ging, zu mir sagte:

„Warum soll ich meine Familie verlassen, um irgendeines Glücksplanes willen? Gibt es auf der Welt einen vorteilhafteren Erwerb als den Feldbau, der bisweilen fünfzig-, ja hundertfältigen Ertrag gibt? Wenn wir Handel treiben wollen, können wir es nicht tun, indem wir unseren Überfluß zur Stadt bringen,

ohne daß ich nach Indien zu gehen brauche? Unsere Mütter sagen mir, Domingo sei alt und schwächlich, ich aber bin jung und werde von Tag zu Tag kräftiger. Es kann ihnen während meiner Abwesenheit etwas zustoßen, hauptsächlich Virginie, die ohnehin schon leidend ist. O nein, nein! Ich kann mich nicht entschließen, sie zu verlassen!“

Seine Antwort setzte mich in große Verlegenheit, denn Mme de la Tour hatte mir den Zustand Virginies nicht verborgen, noch den Wunsch, den sie hegte, einige Jahre reiferen Alters für die jungen Leute zu gewinnen, indem sie sie voneinander entfernte. Es waren dies Gründe, die ich Paul selbst nicht ahnen zu lassen wagte.

Inzwischen brachte ein aus Frankreich angekommenes Schiff Mme de la Tour einen Brief von ihrer Tante mit. Die Furcht vor dem Tod, ohne die harte Herzen niemals empfindungsfähig würden, hatte sich ihrer bemächtigt. Diese Furcht rührte von einer schweren Krankheit her, die in ein Siechtum übergegangen war und in ihrem Alter als unheilbar erschien. Sie forderte jetzt ihre Nichte auf, nach Frankreich zurückzukommen; oder wenn ihr Befinden ihr selbst nicht gestatte, eine so lange Reise zu unternehmen, so solle sie Virginie schicken, der sie eine gute Erziehung, eine Stellung bei Hof und das Vermächtnis ihres ganzen Vermögens zusicherte. Die Wiedererlangung ihrer Gewogenheit, sagte sie, mache sie von der Ausführung dieser ihrer Befehle abhängig.

Kaum war dieser Brief in der Familie vorgelesen worden, verbreitete er allgemeine Bestürzung. Domingo und Marie fingen an zu weinen. Paul, starr vor Staunen, schien nahe daran, in Zorn auszubrechen. Virginie heftete die Augen auf ihre Mutter und wagte nicht, ein Wort hervorzubringen. Marguerite sagte zu Mme de la Tour:

„Könnten Sie uns jetzt verlassen?"

„Nein, meine Freundin; nein, meine Kinder", versetzte Mme de la Tour, „ich werde euch nicht verlassen. Ich habe mit euch gelebt, und mit euch will ich sterben. Nur in eurer Liebe habe ich das Glück kennengelernt. Wenn meine Gesundheit zerrüttet ist, so sind frühere Leiden schuld daran. Die Härte meiner Verwandten und der Verlust meines lieben Mannes haben mich im tiefsten Herzen verwundet; aber ich habe bei euch in diesen ärmlichen Hütten mehr Trost und Glück genossen, als alle Reichtümer meiner Familie im Vaterland mich je hätten hoffen lassen."

Bei diesen Worten flossen alle Augen von Freudentränen über. Paul schloß Mme de la Tour in seine Arme und sagte:

„Ich werde Sie auch nicht verlassen; ich werde nicht nach Indien gehen. Wir wollen alle für Sie arbeiten, teure Mama, an nichts soll es Ihnen je bei uns mangeln."

Wer aber von der ganzen Gesellschaft am wenigsten ihre Freude bezeigte und doch am tiefsten dabei empfand, war Virginie. Sie erschien den übrigen Tag hindurch von stiller Heiterkeit erfüllt, und die Rückkehr ihrer Ruhe setzte der allgemeinen Zufriedenheit die Krone auf.

Am folgenden Morgen, beim Aufgang der Sonne, als sie gerade ihrer Gewohnheit gemäß zusammenkamen, um das Morgengebet zu verrichten, das dem Frühstück voraus-ging, brachte Domingo die Nachricht, ein Herr zu Pferd, begleitet von zwei Sklaven, käme auf das Haus zu geritten. Es war M. de la Bourdonnais. Er trat in die Hütte, wo die ganze Familie um den Tisch versammelt war. Virginie hatte soeben, nach der Sitte des Landes, Kaffee und in Wasser gekochten Reis, dazu heiße Süßkartoffeln und frische Bananen aufgetragen. Flaschenkürbisse, in der Mitte geteilt, vertraten die Stelle aller Gefäße, Bananenblätter dienten als Tischtuch. Der Statthalter bezeigte anfänglich einiges Erstaunen über die Ärmlichkeit des Hauswesens. Dann wandte er sich an Mme de la Tour und sagte ihr, die allgemeinen Angelegenheiten verhinderten ihn bis-

weilen, an die besonders zu denken; aber gerade sie hätte viel von ihm zu erwarten.

„Sie haben“, fügte er hinzu, „eine sehr angesehene und reiche Tante in Paris, die Ihnen ihr Vermögen zugedacht hat und Sie bei sich erwartet.“

Mme de la Tour antwortete ihm, daß ihre angegriffene Gesundheit ihr nicht erlaube, eine so lange Reise zu unternehmen.

„Nun“, nahm M. de la Bourdonnais wieder das Wort, „dann werden Sie wenigstens Ihrer so jungen und so liebenswürdigen Tochter kaum eine bedeutende Erbschaft entziehen wollen. Ich will Ihnen nicht verhehlen, daß Ihre Tante Gebrauch von ihrem ganzen Einfluß gemacht hat, um sie zu sich kommen zu lassen. Die Behörden haben mich beauftragt, in dieser Sache nötigenfalls meine Gewalt geltend zu machen. Da ich diese aber nur zum Wohl der Einwohner unserer Kolonie zu verwenden pflege, erwarte ich von Ihrer bloßen Gefälligkeit das Opfer von einigen Jahren, wovon die Versorgung Ihrer Tochter und die Wohlfahrt Ihres Lebensabends abhängt. Wozu kommt man auf die Inseln? Doch wohl, um hier sein Glück zu machen! Und ist es nicht angenehmer, es im Vaterland wiederzufinden?“

Er legte während dieser Worte einen großen Beutel mit Piastern, den einer seiner Schwarzen trug, auf den Tisch: „Dies ist“, fügte er hinzu, „von Ihrer Tante für die Vorbereitungen zur Reise Ihrer Tochter bestimmt.“ Dann schloß er mit freundschaftlichen Vorwürfen gegen Mme de la Tour, daß sie sich in ihrer Not nicht an ihn gewandt habe, lobte sie aber wegen ihrer aufrechten Gesinnung. Sogleich nahm Paul das Wort und sagte zum Gouverneur:

„Mein Herr! Meine Mutter hat sich an Sie gewandt und Sie haben sie übel empfangen.“

„Haben Sie noch ein Kind?“ fragte M. de la Bourdonnais Mme de la Tour.

„Nein, mein Herr“, erwiderte sie, „dies ist der Sohn meiner Freundin; aber er und Virginie sind uns gemeinschaftliche Kinder und gleich lieb.“

„Junger Mann“, sagte der Gouverneur zu Paul, „wenn Sie einmal die Welt kennen werden, so werden Sie einsehen, wie übel es hochgestellten Leuten meist ergeht, wie leicht es ist, sie für oder wider jemanden einzunehmen; wie leicht sie verleitet werden, dem zudringlichen Laster das zu gewähren, was dem Verdienst gebührt, das sich ihren Blicken entzieht.“

Auf Einladung von Mme de la Tour setzte sich M. de la Bourdonnais neben sie an den Tisch. Er frühstückte nach der Sitte der Kreolen Kaffee mit Wasserreis. Die Ordnung und Sauberkeit der kleinen Hütte, die Einigkeit der beiden liebenswürdigen Familien, ja selbst der Eifer ihrer beiden alten Diener entzückten ihn.

„Man findet hier“, sagte er, „nur hölzerne Hausgeräte, aber heitere Gesichter und Herzen von Gold.“

Paul wiederum, eingenommen von der Freundlichkeit des Gouverneurs, sagte:

„Ich wünschte Ihr Freund zu sein, denn Sie sind ein Ehrenmann“, und M. de la Bourdonnais nahm mit Wohlgefallen dieses Zeichen der Herzlichkeit des Inselbewohners auf. Er umarmte Paul, drückte ihm die Hand und versicherte ihm, daß er auf seine Freundschaft zählen könne.

ls das Frühstück vorüber war, nahm er Mme de la Tour beiseite und sagte ihr, es böte sich eben eine Gelegenheit, ihre Tochter nach Frankreich zu schicken, das Schiff liege schon zur Abfahrt bereit; er werde sie einer Dame seiner Verwandtschaft, die mit hinüberfahre, empfehlen; man müsse sich wohl hüten, um der Zufriedenheit von einigen Jahren willen, sich ein sehr bedeutendes Vermögen entgehen zu lassen.

„Das Leben Ihrer Tante“, fügte er im Weggehen hinzu, „wird sich nicht länger als höchstens noch zwei Jahre hinziehen, wie ihre Freunde mir versichern. Bedenken Sie das wohl; das Glück kommt nicht alle Tage. Gehen Sie mit sich zu Rat. Alle verständigen Leute werden mir recht geben.“

Sie antwortete, sie wünsche kein Glück weiter auf der Welt als das ihrer Tochter und stelle daher die Abreise nach Frankreich ganz und gar ihrem eigenen Gutdünken anheim.

Mme de la Tour kam es nicht ganz ungelegen, daß sich eine Veranlassung fand, Virginie und Paul auf einige Zeit zu trennen, um dadurch ihr zukünftiges beiderseitiges Glück zu bewirken. Sie nahm also ihre Tochter beiseite und sagte zu ihr:

„Mein Kind, unsere Diener sind alt; Paul noch sehr jung; Marguerite nähert sich dem Alter; ich selbst bin schon schwach. Wenn ich sterben sollte, was würde aus dir werden, ohne Vermögen, inmitten dieser Einsamkeit? Du würdest allein hier übrigbleiben, ohne jemand zu haben, der dich hinreichend unterstützen könnte, und du müßtest, um leben zu können, unaufhörlich arbeiten wie eine Tagelöhnerin. Dieser Gedanke erfüllt mich mit Schmerz."

Virginie antwortete ihr: „Gott hat uns zur Arbeit bestimmt; du hast mich arbeiten und ihn preisen gelehrt. Er hat uns bis heute nicht verlassen und wird uns auch in Zukunft nicht verlassen. Seine Fürsorge gilt vornehmlich den Unglücklichen; du hast mir das oftmals gesagt, Mutter! Ich kann mich nicht entschließen, dich zu verlassen."

Bewegt erwiderte Mme de la Tour: „Ich habe keine andere Absicht, als dich glücklich zu machen und dich einst mit Paul zu verbinden, der nicht dein Bruder ist. Denk immer daran, daß sein Glück von dir abhängt."

Ein junges Mädchen, das liebt, glaubt stets, es sei aller Welt ein Geheimnis. Es zieht den Schleier, den es über seinem Herzen hat, auch über seine Augen. Wird er aber von der Hand eines Freundes gelüftet, dann entfliehen die geheimen Sorgen ihrer Liebe wie durch eine geöffnete Schranke, und die wohltuenden Ergüsse des Zutrauens folgen auf die Zurückhaltung und das Geheimnis, mit dem sie sich umgab. Dankbar für die neuen Beweise der Güte ihrer Mutter, eröffnete ihr Virginie nun, welche Kämpfe sie ausgestanden, deren Zeuge Gott allein sei; daß sie den sichtbaren Beistand der Vorsehung in dem einer zärtlichen Mutter erblicke, die ihre Neigung billige und die sie durch ihren Rat leiten werde, und daß sie jetzt, gestützt durch ihre Hilfe, sich vollends verpflichtet fühle, bei ihr zu bleiben, ohne Unruhe wegen der Gegenwart und ohne Furcht vor der Zukunft.

Als Mme de la Tour sah, daß ihre vertrauliche Mitteilung eine völlig entgegengesetzte Wirkung hervorgebracht hatte, als sie erwartete, sagte sie zu ihr:

Mein Kind, ich will dich nicht zwingen; überlege es dir im stillen, aber verbirg Paul deine Liebe. Wenn das Herz eines Mädchens einmal gewonnen ist, so hat ihr Geliebter nichts mehr von ihr zu fordern.“

Gegen Abend, als sie mit Virginie allein war, trat ein großer Mann in einem blauen Priesterrock in

ihre Hütte. Es war ein Missionar der Insel und der Beichtvater von Mme de la Tour und Virginie. Der Gouverneur hatte ihn geschickt.

„Gott sei gelobt, meine Kinder“, sagte er beim Eintritt, „ihr seid reich geworden! Ihr könnt nun eurem guten Herzen folgen und den Armen gegenüber wohltätig sein. Ich weiß, was euch M. de la Bourdonnais gesagt hat und was ihr ihm geantwortet habt. Gute Mutter, Eure Gesundheit nötigt Euch, hier zu bleiben; aber Ihr, junges Fräulein, habt durchaus keine Entschuldigung. Man muß der Vorsehung, man muß den alten Verwandten gehorchen, selbst wenn sie ungerecht sind. Es ist dies ein Opfer, aber es ist das Gebot Gottes. Er hat sich für uns geopfert; also muß man sich, nach seinem Beispiel, für das Wohl der Familie opfern. Eure Reise nach Frankreich wird zu einem schönen Ziel führen. Möchtet Ihr nicht gern dahingehen, mein liebes Fräulein?“

Virginie antwortete zitternd und mit niedergeschlagenen Augen: „Wenn es das Gebot Gottes ist, so werde ich mich in nichts widersetzen. Gottes Wille geschehe!“ setzte sie weinend hinzu.

Der Missionar entfernte sich und erstattete dem Gouverneur Bericht von dem Erfolg seiner Sendung. Indessen ließ mich Mme de la Tour durch Domingo bitten, zu ihr zu kommen, um mich wegen der Abreise Virginies zu Rate zu ziehen. Ich war keineswegs der Meinung, daß man sie abreisen lassen solle. Ich halte für sichere Grundlagen des Glücks, daß man die Vorteile, welche die Natur gewährt, denen des Vermögens vorziehen muß und daß wir durchaus nicht außerhalb suchen sollen, was wir zu Hause finden können. Ich dehne diese Grundsätze auf alles ohne Ausnahme aus. Aber was vermochten meine bescheidenen Ratschläge gegen die Vorspiegelungen großen Reichtums und meine natürlichen Gründe gegen die Vorurteile der Welt und gegen eine Autorität, die für Mme de la Tour heilig war? Sie fragte mich nur aus

Höflichkeit um meinen Rat und überlegte nicht weiter, seitdem die Entscheidung ihres Beichtvaters erfolgt war. Auch Marguerite, die ungeachtet der Vorteile, die sie von dem Glück Virginies für ihren Sohn hoffte, sich ihrer Abreise standhaft widersetzt hatte, machte keine Einwendungen mehr. Paul, der von dem Entschluß nichts wußte, war ganz bestürzt über die geheimen Unterredungen zwischen Mme de la Tour und ihrer Tochter und gab sich einer düsteren Traurigkeit hin.

„Man zettelt etwas gegen mich an“, sagte er bei sich, „denn man verbirgt sich vor mir.“

ittlerweile hatte sich auf der Insel das Gerücht verbreitet, daß das Glück auf diesen Felsen eingekehrt sei, und man sah Handelsleute aller Art herbei-

klettern. Sie legten in diesen armseligen Hütten die reichsten Stoffe Indiens aus: kostbare Basins von Gudelur, Tücher von Paliacate und Masulipatam, Musseline von Dacca, einfache, gestreifte, gestickte, andere durchsichtig wie der Tag; Baftas aus Surate, vom schönsten Weiß; bunte Zitze in allen und den seltensten Farben. Sie entrollten prachtvolle chinesische Seidenstoffe, Lampas mit durchsichtigen Mustern, Damaste von einem atlasartigen Weiß, andere von grasgrüner Farbe, wieder andere von blendendem Rot; rosafarbene Tafte, schwere Atlasse, Pekings, die sich wie Tuch anfühlten, weiße und gelbe Nankings und sogar Negerschurze von Madagaskar.

Mme de la Tour ließ ihrer Tochter freie Hand, alles zu kaufen, was ihr gefiel; sie überwachte nur den Preis und die Güte der Waren, aus Furcht, die Kaufleute würden sie betrügen. Virginie wählte alles, wovon sie glaubte, daß es ihrer Mutter, Marguerite und deren Sohn angenehm sei.

„Dies hier“, sagte sie, „wäre für Möbel gut, dies für Marie und Domingo.“ Kurz, der Beutel voll Piaster war geleert, ehe sie noch an ihre eigenen Bedürfnisse gedacht hatte. Man mußte ihren Anteil aus den Geschenken, die sie an die Gesellschaft verteilt hatte, zusammenstellen.

Durchdrungen von Schmerz beim Anblick dieser Gaben des Glücks, die ihm die Abreise Virginies verkündeten, kam Paul einige Tage darauf zu mir. Mit niedergeschlagener Miene begann er:

„Meine Schwester geht fort; sie macht schon Vorbereitungen für die Reise. Kommt zu uns, ich bitte Euch. Wendet Euer Ansehen bei ihrer und meiner Mutter dahin an, sie zurückzuhalten."

Ich gab den inständigen Bitten Pauls nach, obgleich ich fest davon überzeugt war, daß meine Bemühungen ohne Erfolg sein würden.

War mir Virginie schon im blauen bengalischen Linnenkleid mit einem roten Tuch um den Kopf reizend erschienen, wieviel mehr war es der Fall, als ich sie nach der Sitte der Damen dieses Landes aufgeputzt sah! Sie war in weißen Musselin gekleidet, gefüttert mit rosarotem Taft. Ihr leichter, schlanker Wuchs zeichnete sich vollkommen unter ihrem Mieder ab, und ihre blonden, in doppelte Flechten geflochtenen Haare paßten bewundernswert zu ihrem jungfräulichen Köpfchen. Ihre schönen blauen Augen waren voll Melancholie, und die Unruhe ihres Herzens, das seine Leidenschaft bekämpfte, gab ihren Wangen eine lebhafte Farbe und ihrer Stimme einen ergreifenden Ton. Selbst der Kontrast ihres zierlichen Putzes, den sie nur wider Willen zu tragen schien, machte die liebliche Erscheinung nur noch rührender. Niemand konnte sie ansehen noch anhören, ohne sich bewegt zu fühlen. Paul wurde dadurch nur niedergeschlagener. Marguerite, die über den Zustand ihres Sohnes betrübt war, sagte ihm im Vertrauen:

„Mein Sohn, warum willst du falsche Hoffnungen in dir nähren, die jeden Verlust nur noch bitterer machen? Es ist Zeit, daß ich dir das Geheimnis meines Lebens wie des deinigen aufdecke. Mlle de la Tour gehört von seiten ihrer Mutter einer reichen und vornehmen Verwandtschaft an; du dagegen bist nur der Sohn einer armen Bäuerin, und was noch schlimmer ist, du bist ein Bastard.“

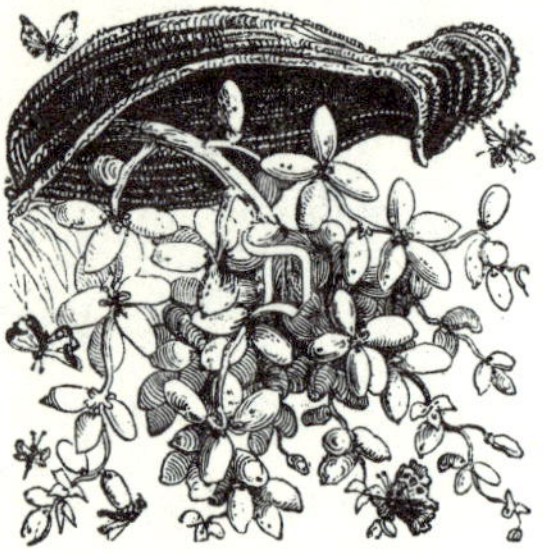

Das Wort Bastard machte Paul sehr bestürzt. Er hatte es noch niemals gehört und fragte seine Mutter nach der Bedeutung. Sie antwortete ihm:

„Du hast keinen rechtmäßigen Vater. Als ich noch ein Mädchen war, ließ mich die Liebe eine Schwachheit begehen, deren Frucht du bist. Mein Fehltritt hat dich der Familie deines Vaters beraubt und meine Reue der mütterlichen. Unglücklicher, du hast in der Welt keine Verwandten mehr als mich allein!“ Und ihre Augen flossen von Tränen über. Paul schloß sie in seine Arme und sagte zu ihr:

„O meine Mutter! Da ich keine anderen Verwandten in der Welt habe als dich, so will ich dich nur um so mehr lieben. Aber welches Geheimnis hast du mir da enthüllt! Jetzt sehe ich ein, warum sich Mlle de la Tour seit zwei Monaten von mir entfernt hält und was sie heute abzureisen bestimmt. Ach, ohne Zweifel verachtet sie mich!“

Mittlerweile war die Stunde des Abendessens gekommen; man setzte sich zu Tisch, aber man aß wenig und sprach fast gar nicht, denn sämtliche Tischgenossen waren von vielerlei Empfindungen zu heftig ergriffen. Virginie stand zuerst auf, ging hinaus und setzte sich auf den Platz hier, wo wir eben sitzen. Paul folgte ihr bald nach und ließ sich neben ihr nieder. Beide verharrten lange Zeit in tiefem Stillschweigen. Es war eine jener köstlichen Nächte, die so häufig sind zwischen den Wendekreisen und deren Schönheit auch der geschickteste Pinsel nicht wiederzugeben vermöchte. Der Mond stieg am Himmel empor, umgeben von einem Schleier von Wolken, die seine Strahlen allmählich zerstreuten. Nach und nach ergoß sich sein Licht über die Gebirge der Insel, und ihre Gipfel erglänzten in einem Silbergrün. Die Winde hielten ihren Atem an. Aus den Wäldern, aus der Tiefe der Täler, von der Höhe der Felsen herab vernahm man leise Schreie, süßes Geschwätz von Vögeln, die sich in ihren Nestern liebkosten, erfreut durch die Helle der Nacht und die friedliche, stille Luft. Sogar die Insekten summten im Gras. Am Himmel funkelten die Sterne und spiegelten sich im Meer, das ihr Bild vielfach zurückwarf. Virginie streifte mit zerstreuten Blicken den weiten und düsteren Horizont, der sich von dem Gestade der Insel durch die roten Feuer der Fischer abhob. Sie sah am Eingang des Hafens ein

Licht und einen Schatten: Es war das Signalfeuer und der Rumpf des Schiffes, das sie nach Frankreich bringen sollte und, vor Anker liegend, nur auf das Ende der Windstille wartete, um unter Segel zu gehen. Dieser Anblick machte sie bestürzt, und sie wandte ihr Gesicht ab, damit Paul sie nicht weinen sehe.

Mme de la Tour, Marguerite und ich hatten uns einige Schritte von ihnen entfernt unter die Bananen gesetzt, und bei der Stille der Nacht hörten wir deutlich ihr Gespräch, das mir unvergeßlich ist.

Paul sagte zu ihr: „Mein Fräulein, Sie reisen, wie man sagt, in drei Tagen ab. Sie haben keine Angst, sich den Gefahren des Meeres auszusetzen – des Meeres, vor dem Sie immer so große Furcht hatten?“

„Ich muß meinen Verwandten“, erwiderte Virginie, „ich muß meiner Pflicht gehorchen.“

„Sie verlassen uns“, versetzte Paul, „einer entfernten Verwandten wegen, die Sie nie gesehen haben!“

„Ach!“ sagte Virginie, „ich wünschte, mein ganzes Leben lang hier zu bleiben; auch meine Mutter hat es nicht gewollt. Aber mein Beichtvater hat mir gesagt, es sei Gottes Wille, daß ich abreise; das Leben sei eine Prüfung . . . Oh! Es ist eine sehr harte Prüfung!“

Wie!“ begann Paul wiederum, „so viele Gründe haben Sie zum Entschluß gebracht und kein einziger Sie zurückgehalten? Es gibt noch andere, die Sie nur nicht aussprechen! Der Reichtum hat große Reize. Sie werden in einer für Sie ganz neuen Welt bald jemand finden, dem Sie den Namen Bruder geben, den Sie mir nicht mehr gönnen. Sie werden sich diesen Bruder unter Leuten auswählen, die Ihrer durch eine Geburt und durch Reichtümer würdig sind, die ich Ihnen nicht bieten kann. Aber wohin wollen Sie, um glücklicher zu werden, als Sie hier sind? In welches Land könnten Sie gehen, das Ihnen teurer wäre als das, wo Sie geboren sind? Wo könnten Sie eine liebenswürdigere Vereinigung von Menschen finden als diejenige, die Sie lieben? Wie werden Sie leben können ohne die Zärtlichkeit Ihrer Mutter, an die Sie gewöhnt sind? Was soll aus ihr, die schon in fortgeschrittenem Alter ist, werden, wenn Sie ihr nicht mehr zur Seite stehen, bei Tisch, im Haus, auf den Spaziergängen, bei denen sie sich auf Ihren Arm stützte? Was soll aus meiner Mutter werden, die Sie ebensosehr liebt? Was soll ich zu ihnen sagen, wenn ich sie in Ihrer Abwesenheit werde weinen sehen? Ich sage nichts von mir, Unbarmherzige! Aber was soll aus mir selbst werden, wenn ich Sie am Morgen nicht mehr unter uns sehen werde und wenn der Abend kommen wird, ohne uns zusammenzuführen; wenn ich jene beiden bei unserer Geburt gepflanzten Palmen erblicken werde, die so lange Zeugen unserer gegenseitigen Freundschaft waren? Ach! Wenn denn ein neues Geschick dich reizt, wenn du nach anderen Ländern verlangst, die nicht dein Geburtsland sind, nach anderen Gütern, als sie dir die Arbeit meiner Hände verschaffen kann, so laß mich dich wenigstens begleiten auf dem Schiff, mit dem du abreisen wirst. Ich werde dir Mut machen bei den Stürmen, die dich schon auf dem Land so sehr erschrecken. Ich werde dich an meiner Brust ruhen lassen, dein Herz an meinem Herzen erwärmen, und in Frankreich, wohin du gehst, um Glück und Größe zu finden, werde ich dir als dein Sklave dienen. Glücklich allein durch dein Glück, werde ich in den Palästen, wo ich dich verehrt und angebetet sehe, mir noch reich und vornehm genug vorkommen, wenn ich dir das größte Opfer bringen, wenn ich zu deinen Füßen sterben kann."

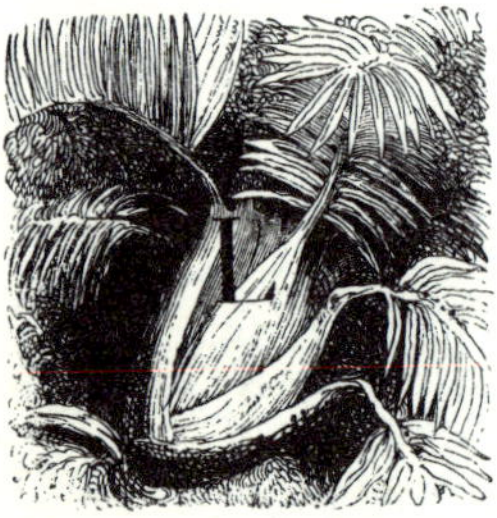

Lautes Schluchzen erstickte seine Stimme, und wir vernahmen dann, wie Virginie unter tiefen Seufzern die Worte zu ihm sprach: „Nur für dich unternehme ich die Reise ... für dich, den ich jeden Tag gesehen habe, gekrümmt unter der Arbeit, um unsere beiden kleinen Familien zu ernähren. Wenn ich die Gelegenheit, reich zu werden, ergreife, so geschieht es nur, um dir das tausendfältig wiederzuerstatten, was du für uns getan hast. Gibt es ein Glück, das deine Freundschaft aufwiegen könnte? Warum sprichst du von deiner Geburt? Wenn ich imstande wäre, mir noch einmal einen Bruder zu geben, würde ich wohl einen anderen wählen als dich?

O Paul, Paul! Du bist mir weit lieber als selbst ein Bruder! Wieviel hat es mich gekostet, dich zurückzuweisen! Ich wollte, daß du mir helfen würdest, mich von meinem Selbst zu trennen, bis der Himmel unsere Vereinigung segnen könnte. Jetzt laß mich bleiben, laß mich gehen, laß mich leben, laß mich sterben: Mach mit mir, was du willst. Ich schwaches Mädchen! Deinen Liebkosungen habe ich widerstehen können, deinen Schmerz kann ich nicht ertragen!“

Bei diesen Worten nahm sie Paul in seine Arme, drückte sie fest an sich und rief mit furchtbarer Stimme:

„Ich reise mit ihr, nichts soll mich von ihr trennen!“

Wir alle eilten hinzu. Mme de la Tour sagte zu ihm:

„Mein Sohn, was soll aus uns werden, wenn du uns verläßt?“

Zitternd wiederholte er die Worte: „Mein Sohn! ... Mein Sohn! ... Sie, meine Mutter?“ sagte er. „Sie, die Sie den Bruder von der Schwester trennen! Wir haben beide an Ihrer Brust getrunken, wir sind beide auf Ihrem Schoß groß geworden und haben von Ihnen uns lieben gelernt; wir haben es uns beide tausendmal gesagt: Und jetzt reißen Sie sie von meinem Herzen! Sie schicken sie nach Europa, in jenes unmenschliche Land, wo man Ihnen eine Zufluchtsstätte versagt hat, und zu grausamen Verwandten, die Sie selbst aufgegeben haben! Sie werden mir sagen: Du hast keine Rechte auf sie, sie ist nicht deine Schwester. Aber sie ist mir alles: mein Reichtum, meine Familie, meine Herkunft, mein ganzer Besitz. Ich kenne sonst keinen anderen. Wir haben nur ein Dach gehabt, nur eine Wiege; wir werden nur ein Grab haben. Wenn sie geht, so muß ich ihr folgen. Der Gouverneur soll mich nicht daran hindern. Wird er verhindern können, daß ich mich ins Meer stürze? Schwimmend werde ich ihr folgen. Das Meer kann für mich nicht unheilvoller sein als das Land. Wenn ich nicht hier neben ihr leben kann, so will ich wenigstens vor ihren Augen sterben, fern von Ihnen. Grausame Mutter! Mitleidlose Frau! Möge dieser Ozean, dem Sie sie preisgeben, sie Ihnen niemals wiederbringen! Mögen diese Wellen Ihnen meinen Leichnam zurücktragen und, indem sie ihn mit dem ihrigen zugleich unter den Kieseln dieses Strandes hin- und herrollen, Ihnen durch den Verlust Ihrer beiden Kinder ewigen Schmerz bereiten!“

Bei diesen Worten nahm ich ihn in meine Arme, denn die Verzweiflung raubte ihm die Vernunft. Seine Augen funkelten, der Schweiß floß in dicken Tropfen über sein entflammtes Gesicht, seine Knie zitterten, und ich fühlte in seiner kochenden Brust sein Herz mit verdoppelten Schlägen pochen.

Erschreckt sagte Virginie zu ihm: „O mein Freund! Bei den Freuden unserer Kinderjahre, bei deinen und meinen Schmerzen und bei allem, was zwei Unglückliche auf immer aneinanderketten muß, beteuere ich, nur für dich zu leben, wenn ich bleibe, und wenn ich gehe, einst wiederzukommen, um dein zu sein. Ich nehme euch zu Zeugen, euch alle, die ihr meine Kindheit geleitet habt, die ihr über mein Leben verfügt und meine Tränen seht. Ich schwöre es bei dem Himmel, der mich hört, bei diesem Meer, das ich durchfahren soll, bei der Luft, die ich atme und die ich niemals durch eine Unwahrheit beleidigt habe!“

Wie die Sonne einen Eisblock auf den Gipfeln der Apenninen schmelzt und herabstürzt, so schmolz der ungestüme Zorn des Jünglings bei der Stimme des geliebten Wesens dahin. Sein stolzes Haupt senkte sich, und ein Strom von Tränen stürzte aus seinen Augen. Ihre Tränen mit den seinen vermischend, hielt seine Mutter ihn in ihren Armen, ohne sprechen zu können. Mit großer Bestürzung sagte Mme de la Tour zu mir: „Ich kann das nicht ertragen, meine Seele ist zerrissen. Diese unglückliche Reise darf nicht stattfinden! Lieber Nachbar, ich bitte, nehmt Ihr meinen Sohn mit Euch; seit acht Tagen hat niemand von uns hier ein Auge zugetan."

Jch sagte also zu Paul: „Lieber Freund, deine Schwester wird bleiben; morgen werden wir darüber mit dem Gouverneur sprechen. Gönne jetzt deiner Familie einige Ruhe, komm mit und verbringe diese Nacht bei mir. Es ist schon spät, es ist Mitternacht: Das Kreuz des Südens steht schon aufrecht am Horizont."

hne ein Wort zu äußern, ließ er sich mitführen. Nach einer sehr unruhigen Nacht stand er bei Tagesanbruch auf und kehrte zu seiner Wohnung zurück.

Aber wozu soll ich Euch diese traurige Geschichte noch weiter mitteilen? Man sollte nur immer eine Seite des menschlichen Lebens, und zwar die angenehme, kennenlernen. Es ist damit wie mit der Kugel, auf der wir uns herumdrehen. Unsere rasche Umdrehung dauert nur einen Tag, und der eine Teil dieses Tages kann nur Licht empfangen, wenn der andere Teil der Finsternis verfallen ist.

Mein Vater“, sagte ich zu dem Alten, „ich beschwöre Euch, erzählt mir bis zum Ende, was Ihr in so rührender Weise begonnen habt. Die Bilder des Glücks erregen unser Wohlgefallen, aber die des Unglücks belehren uns. Ich bitte Euch, was wurde aus dem unglücklichen Paul?“

Der Alte fuhr fort zu erzählen.

Das erste, was Paul bei seiner Rückkehr zur Pflanzung erblickte, war die Negerin Marie, die von einem Felsen aus aufs hohe Meer hinaussah. Von weitem rief er ihr zu:

„Wo ist Virginie?“

Marie wandte sich zu ihrem jungen Herrn und begann zu weinen. Außer sich setzte Paul den Weg fort und eilte zum Hafen. Dort erfuhr er, daß Virginie sich bei Tagesanbruch eingeschifft hatte, daß das Schiff sogleich unter Segel gegangen war und daß man es nicht mehr sehen könne. Er ging zur Pflanzung zurück, die er durchschritt, ohne mit jemand zu sprechen.

Obgleich der Felsenwall hier hinter uns fast senkrecht erscheint, so bilden doch jene grünen Flächen, die ihn in der Höhe abteilen, ebenso viele Grate, durch die man auf einigen schwierigen Pfaden bis an den Fuß jenes abschüssigen und unzugänglichen Felsenkegels gelangt, den man den „Daumen“ nennt. Am Grund dieses Felsens ist ein ebener, mit großen Bäumen bedeckter Platz, so hoch und so steil gelegen, daß er einem Wald gleicht, der, von gefährlichen Abgründen umgeben, in der Luft schwebt. Die Wolken, die der Gipfel des „Daumens“

beständig um sich herum anzieht, speisen mehrere Bäche, die auf der Rückseite des Berges so unermeßlich tief zum Talgrund hinabstürzen, daß man auf jener Höhe nichts vom Geräusch ihres Falles vernimmt. Von jener Stelle übersieht man einen großen Teil der Insel mit ihren Hügeln, über die Berggipfel emporragen, unter anderen der „Pieter-Booth" und die „Drei Brüste" mit ihren von Wäldern erfüllten Tälern; dann die hohe See und die Insel Bourbon, die vierzig Meilen von dort gen Westen liegt. Von diesem hohen Punkt aus sah Paul dem Schiff nach, das Virginie davontrug. Er sah es in mehr als zehn Meilen Entfernung weit auf der offenen See, wie einen schwarzen Punkt mitten im Ozean. Er verharrte dort einen Teil des Tages, einzig damit beschäftigt, ihm nachzublicken. Es war bereits verschwunden, als er es immer noch zu sehen glaubte, und als es sich endlich im Dunst des Horizonts verloren hatte, setzte er sich nieder an dem öden Platz, der beständig von den Winden gepeitscht wird, welche die Gipfel der Palmen und Tatamaken ohne Unterlaß hin und her bewegen. Ihr dumpfes, murmelndes Sausen gleicht dem fernen Schall von Orgeln und flößt eine tiefe Schwermut ein. Dort fand ich Paul, den Kopf an den Felsen gelehnt und die Augen starr auf die Erde geheftet. Seit Sonnenaufgang war ich ihm nachgegangen. Ich hatte Mühe, ihn zu bewegen, daß er herabstieg und zu seiner Familie zurückkehrte. Dennoch brachte ich ihn heim in seine Wohnung, und seine erste Regung, als er Mme de la Tour wiedersah, war, sich bitter darüber zu beklagen, daß sie ihn hintergangen habe. Sie berichtete uns: Da sich gegen drei Uhr morgens der Wind erhoben und das Schiff sofort segelfertig gemacht habe, sei der Gouverneur, begleitet von einem Teil des Generalstabes und dem Missionar, gekommen, um Virginie im Tragsessel abzuholen; ungeachtet ihrer eigenen Vorstellungen, ihrer und Marguerites Tränen hätten sie ihre Tochter halbtot weggeführt, wobei alle mitgeteilt hätten, daß es nur zu ihrer aller eigenem Besten geschähe.

„Hätte ich ihr wenigstens mein Lebewohl sagen können“, äußerte Paul, „so wäre ich jetzt ruhig. Virginie, hätte ich zu ihr gesagt, wenn mir während der Zeit, die wir miteinander durchlebt haben, irgendein Wort entschlüpft ist, das dich beleidigt haben könnte, so sage mir, ehe du mich für immer verläßt, daß du mir verzeihst. Ich hätte ihr gesagt: Da es mir beschieden ist, dich nicht wiederzusehen, so lebe wohl, meine liebe Virginie! Lebe wohl! Lebe fern von mir zufrieden und glücklich!“

Und als er sah, daß seine Mutter und Mme de la Tour weinten, sagte er zu ihnen: „Sucht euch jetzt einen anderen, der eure Tränen trocknet!“ Dann verließ er sie seufzend und irrte in der Pflanzung umher. Er besuchte alle Stellen, die Virginie am liebsten gewesen waren. Er sagte zu ihren Ziegen und den jungen Zicklein, die ihr blökend zu folgen pflegten:

„Was wollt ihr von mir? Ihr werdet nie mehr diejenige mit mir gehen sehen, die euch aus ihrer Hand fütterte.“ Er ging zu Virginies-Ruh und rief beim Anblick der Vögel, die ihn umflatterten:

„Arme Vögel, nie mehr werdet ihr derjenigen entgegenfliegen, die eure gütige Pflegerin war!“

Als er Fidèle bemerkte, der hin und her schnupperte und wedelnd vor ihm herging, seufzte er und sagte zu ihm: „Oh, du wirst sie nie wieder finden!“ Endlich setzte er sich auf den Felsen, wo er am Abend vorher mit ihr gesprochen hatte, und beim Anblick des Meeres, auf dem er das Schiff hatte verschwinden sehen, das sie ihm entführte, weinte er bitterlich.

Indessen folgten wir ihm Schritt für Schritt, da von seiner heftigen Gemütsbewegung Schlimmes zu befürchten war. Seine Mutter und Mme de la Tour baten ihn mit den liebevollsten Worten, ihren Schmerz nicht durch seine Verzweiflung zu vermehren. Endlich gelang es Mme de la Tour, ihn zu beruhigen, indem sie ihm Namen gab, die geeignet waren, seine Hoffnungen aufs neue zu erwecken. Sie nannte ihn ihren Sohn, ihren lieben Sohn, ihren Schwiegersohn, denjenigen, dem sie ihre Tochter zur Gattin bestimmt habe. Sie bewog ihn, wieder das Haus zu betreten und etwas Nahrung zu sich zu nehmen. Er setzte sich mit an den Tisch, neben den Platz, an dem die Freundin seiner Kindheit gewöhnlich saß; und als hätte sie ihn noch eingenommen, richtete er das Wort an sie und reichte ihr die Speisen hin, von denen er wußte, daß sie sie besonders schätzte; sobald er aber seine Täuschung bemerkte, begann er zu weinen. In den nächsten Tagen suchte er alles, was sie mit besonderer Vorliebe um sich gehabt hatte, zusammen, die letzten Sträuße, die er ihr gebracht, und eine Tasse aus Kokos, aus der sie zu trinken pflegte, und als ob diese zurückgebliebenen Sachen seiner Freundin die kostbarsten Dinge von der Welt wären, küßte er sie und verbarg sie in seinem Gewand. Ambra strömt nicht so süßen Wohlgeruch aus wie die Dinge, die ein geliebter Mensch berührt hat. Als er endlich sah, daß seine Trauer auch die seiner Mutter und die Betrübnis von Mme de la Tour vermehrte und daß die Bedürfnisse des Hauses eine fortgesetzte Anstrengung erforderten, machte er sich daran, mit Hilfe Domingos den Garten wiederherzustellen.

Bald darauf bat mich dieser junge Mann, der bisher gegen alles, was in der Welt vorging, gleichgültig gewesen war wie ein Kreole, ihn lesen und schreiben zu lehren, damit er mit Virginie einen Briefwechsel unterhalten könne. Sodann wünschte er sich in der Geographie zu unterrichten, um sich eine Vorstellung von dem Land zu verschaffen, das sie betreten würde, und in der Geschichte, um die Sitten der Gesellschaft kennenzulernen, in der sie leben sollte. Desgleichen suchte er sich im Landbau zu vervollkommnen sowie in der Geschicklichkeit, auch den ungünstigsten Boden mit Vorteil und Schönheitssinn zu nutzen, und zwar rein aus dem Gefühl der Liebe. Ohne Zweifel haben die Menschen den Freuden, die diese heftige und unruhevolle Leidenschaft zu bereiten strebt, den größten Teil der Wissenschaften und Künste zu verdanken, und aus ihren Entbehrungen ist die Philosophie hervorgegangen, die da lehrt, sich über alles zu trösten. So hat die Natur, indem sie die Liebe zu dem alle Wesen vereinigenden Band machte, sie zugleich zur ersten Bewegkraft der menschlichen Gesellschaft und zur Urheberin unserer Einsichten und Genüsse bestimmt.

Paul fand nicht viel Geschmack an dem Studium der Geographie, die uns nur die politische Einteilung des Landes kennen lehrt, anstatt dessen natürliche Beschaffenheit zu schildern. Auch die Geschichte, hauptsächlich die neuere, gewann ihm wenig mehr Teilnahme ab. Er fand darin nur allgemeines und periodisch wiederkehrendes Unglück, dessen Ursachen er nicht einsah; Kriege ohne Ursache und ohne Ziel; geheime Ränke; Nationen ohne Charakter und Fürsten ohne Menschenliebe. Weit lieber als solche Schriften las er Romane, die sich mehr mit den Gefühlen und Interessen der Menschen befaßten und bisweilen Lagen schilderten, die der seinigen ähnlich waren. So machte kein Buch ihm mehr Vergnügen als der „Telemach" mit seinen Schilderungen des ländlichen Lebens und der Leidenschaften, die dem menschlichen Herzen natürlich sind. Er las seiner Mutter und Mme de la Tour die Stellen, die ihn besonders anzogen, vor; dann, indem er von rührenden Erinnerungen ergriffen wurde, erstickte seine Stimme, und Tränen entquollen seinen Augen. Er glaubte in Virginie die Würde und Klugheit der Antiope samt dem Unglück und der Zärtlichkeit der Eucharis zu finden. Andererseits wurde er von den neueren Moderomanen voll leichtfertiger Sitten und Grundsätze abgestoßen, und als er erfuhr, daß diese Romane eine treue Schilderung der europäischen Gesellschaft enthielten, befürchtete er, auch Virginie möchte verdorben werden und ihn vergessen.

Es waren in der Tat mehr als anderthalb Jahre verflossen, ohne daß Mme de la Tour Nachrichten von ihrer Tante und ihrer Tochter erhalten hatte:

Sie hatte auf anderem Weg nur erfahren, daß diese in Frankreich glücklich angekommen sei. Endlich erhielt sie durch ein Schiff, das nach Indien segelte, ein Paket und einen Brief von Virginies eigener Hand. Trotz aller Vorsicht ihrer liebenswürdigen und schonungsvollen Tochter mußte sie doch schließen, daß diese sehr unglücklich sei. Dieser Brief schilderte ihre Lage und ihren Charakter so vortrefflich, daß ich ihn fast Wort für Wort im Gedächtnis behalten habe.

„Teuerste und geliebteste Mutter!
Ich habe schon mehrere Briefe mit eigener Hand an Dich geschrieben, da ich aber auf keinen eine Antwort erhalten habe, so muß ich fürchten, daß sie gar nicht in Deine Hände gelangt sind. Ich hoffe Besseres von dem gegenwärtigen, wegen der Vorsichtsmaßregeln, die ich getroffen habe, um Dir Nachrichten von mir zu geben und solche von Dir zu erhalten.

Seit unserer Trennung habe ich sehr viele Tränen vergossen, ich, die sonst fast nur über die Leiden anderer geweint hat! Meine Großtante war sehr erstaunt, als sie mich nach meiner Ankunft über meine Kenntnisse und Geschicklichkeiten befragte, und ich ihr erwiderte, daß ich weder lesen noch schreiben könne. Sie fragte darauf, was ich denn gelernt hätte, seitdem ich auf der Welt sei? Und als ich ihr antwortete, ich verstände nichts weiter, als einen Haushalt zu besorgen und Deinen Willen zu befolgen, so sagte sie mir, daß ich die Erziehung einer Dienstmagd erhalten hätte. Sie gab mich vom nächsten Tag an in Pension in eine große Abtei nahe bei Paris, wo ich nun Lehrmeister aller Art habe. Sie lehren mich unter anderem Geschichte, Geographie, Grammatik, Mathematik und Reiten; aber ich habe so schwache Anlagen für alle diese Dinge, daß ich von diesen Herren keinen großen Vorteil ziehen werde. Ich fühle, daß ich ein armes Geschöpf bin, das wenig Geist besitzt, wie sie mir zu verstehen geben. Das Wohlwollen meiner Tante erkaltete jedoch nicht. Sie schenkt mir neue Kleider für jede Jahreszeit und hat mir zwei Kammerfrauen zugeordnet, die ebenso geputzt gehen wie große Damen. Sie hat mich den Titel Komtesse annehmen, aber dafür meinen Namen de la Tour ablegen lassen, der mir doch so teuer ist wie Dir selbst, durch alles, was Du mir von den Leiden erzählt hast, die mein Vater erduldete, um Dich zur Frau nehmen zu können. Sie hat mir anstatt

Deines Namens als Frau den Deiner Familie gegeben, der mir jedoch auch teuer ist, weil Du ihn als Mädchen trugst. – Da ich mich in einer so glänzenden Lage sah, so bat ich sie, Dir einige Hilfe zukommen zu lassen. Wie soll ich Dir ihre Antwort mitteilen? Aber Du hast es mir ja zur Pflicht gemacht, Dir stets die Wahrheit zu sagen. Sie hat mir also zur Antwort gegeben, daß wenig Dir nichts helfen und viel bei dem einfachen Leben, das Du führst, Dich nur in Verlegenheit setzen würde. – Ich habe anfangs versucht, Dir Nachrichten von mir durch fremde Hand zu geben, weil ich selbst es noch nicht konnte. Aber da ich bei meiner Ankunft niemand hatte, zu dem ich Vertrauen fassen konnte, so habe ich mich Tag und Nacht bemüht, schreiben und lesen zu lernen, und Gott hat mir die Gnade erzeigt, es in kurzer Zeit zu schaffen. Die ersten Briefe habe ich den Frauen, die um mich sind, zur Besorgung übergeben, aber ich habe Ursache zu glauben, daß sie sie meiner Großtante überbracht haben. Diesmal habe ich Zuflucht zu einer Pensionatsfreundin genommen, und ich bitte Dich, mir unter ihrer hier beigefügten Adresse Deine Antwort zukommen zu lassen. Meine Großtante hat mir jeden Briefwechsel nach außerhalb untersagt, weil er nach ihrer Meinung den großen Absichten, die sie mit mir hat, hinderlich sein könnte. Nur sie allein darf ich im Sprechzimmer sehen sowie einen alten Herrn, der zu ihren Freunden gehört und, wie sie sagt, viel Geschmack an meiner Person findet. Die Wahrheit zu gestehen, ich finde an ihm gar keinen, selbst wenn ich überhaupt an irgendeinem Mann Gefallen finden könnte.

Ich lebe mitten im Glanz des Reichtums und habe doch nicht über einen Sou zu verfügen. Man sagt, wenn ich Geld in Händen hätte, so könnte ich es leicht mißbrauchen. Sogar meine Kleider gehören meinen Kammerfrauen, die sich schon darum streiten, ehe ich sie noch abgelegt habe. Im Schoß des Reichtums bin ich weit ärmer, als ich es bei Euch war, denn ich habe nichts zu verschenken. Als ich sah, daß die großen Geschicklichkeiten, die man mich lehrte, mir nicht einmal die Mittel verschafften, jemand die geringste Wohltat zu erweisen, nahm ich meine Zuflucht zur Nadel, deren Gebrauch Du mich glücklicherweise gelehrt hast. Ich schicke Dir also hiermit einige Paar handgearbeitete Strümpfe für Dich und Mama Marguerite; eine Mütze für Domingo und eines meiner roten Taschentücher für Marie. Zu diesem Päckchen füge ich noch Kerne und Nüsse von Früchten meiner Zwischenmahlzeiten bei samt Samenkörnern von allerlei Bäumen, die ich im Klostergarten gesammelt habe. Schließlich habe ich auch noch Samen von Veilchen, Maßliebchen, Wiesenranunkeln, wildem Mohn, Kornblumen, Skabiosen, die ich auf den Feldern pflückte, dazu getan. Es gibt auf den Wiesen hierzulande schönere Blumen als auf unseren, aber niemand kümmert sich darum. Ich bin überzeugt, daß Ihr beide, Du und Mutter Marguerite, über dieses Säckchen mit Sämereien vergnügter sein werdet als über den Beutel mit Piastern, der die Ursache unserer Trennung und meiner Tränen gewesen ist. Es wird mir große Freude machen, wenn Ihr einmal die Befriedigung habt, Apfelbäume neben unseren Bananen wachsen und Buchen ihr Laub mit den Blättern unserer Kokosbäume mischen zu sehen. Du wirst Dich dann in die Normandie versetzt glauben, die Du so sehr liebst.

Du hast mir eingeschärft, Dir meine Freuden und meine Leiden mitzuteilen. Seit ich entfernt von Euch bin, habe ich keine Freude mehr; meine Leiden aber lindere ich durch den Gedanken, daß ich mich auf einem Posten befinde, auf den man mich nach dem Willen Gottes geschickt hat. Mein größter Schmerz jedoch ist, daß hier niemand mit mir von Euch spricht und daß ich mit niemand davon sprechen kann. Meine Kammerfrauen, oder vielmehr die meiner Großtante – denn sie sind mehr für sie als für mich da – sagen mir, wenn ich das Gespräch auf Gegenstände, die mir so teuer sind, zu lenken suche: ‚Fräulein, denken Sie daran, daß Sie Französin sind und daß Sie das Land der Wilden vergessen müssen.‘ Ach! Eher würde ich an mich selbst zu denken aufhören, als den Ort vergessen, wo ich geboren bin und wo Ihr lebt! Das Land hier ist für mich ein Land der Wilden; denn ich lebe darin ganz verlassen und habe niemanden, den ich teilnehmen lassen könnte an der Liebe, die bis zum Grab für Dich hegen wird, teuerste und geliebteste Mama,

Deine gehorsame und Dich zärtlich liebende Tochter

Virginie de la Tour.

Marie und Domingo, die über meine Kindheit so treu gewacht haben, empfehle ich Deiner Güte; liebkose in meinem Namen den Fidèle, der mich in den Wäldern wiedergefunden hat.“

Paul war sehr bestürzt darüber, daß Virginie von ihm mit keinem Wort sprach, sie, die selbst dem Haushund einen Gruß gewidmet hatte. Er wußte aber nicht, daß eine Frau, einen wie langen Brief sie auch schreibe, ihren liebsten Gedanken immer zuletzt bringt.

Denn in einer Nachschrift empfahl Virginie Paul insbesondere zweierlei Samen: den der Veilchen und der Skabiosen. Sie gab ihm einige Fingerzeige über die Eigentümlichkeiten dieser Pflanzen wie über den Ort, wohin man sie am besten sät. „Das Veilchen“, berichtete sie ihm, „bringt eine kleine Blume von tiefem Violett hervor, die sich gern unter Gesträuch verbirgt; aber wegen ihres herrlichen

Geruchs findet man sie bald.“ Sie legte ihm ans Herz, sie am Rand des Brunnens, am Fuß ihres Kokosbaumes anzupflanzen. „Die Skabiose“, fuhr sie fort, „treibt eine schöne blaßblaue Blüte, die in der Mitte auf schwarzem Grund weiß gepunktet ist. Man sollte glauben, sie ginge in Trauer; man nennt sie deshalb auch Witwenblume. Sie liebt rauhe und vom Winde bestrichene Orte.“

Sie bat ihn, sie auf den Felsen zu säen, wo sie sich mit ihm in der Nacht zum letztenmal unterhalten hatte, und diesem Felsen, ihr zuliebe, den Namen „Felsen des Abschiedes“ zu geben.

Sie hatte diese Sämereien in ein Beutelchen getan, das sehr einfach gearbeitet war, aber für Paul einen unschätzbaren Wert hatte, da er darauf ein P und ein V entdeckte, beide Buchstaben ineinander geschlungen und aus Haaren gebildet, die er an ihrer Schönheit als die Virginies erkannte.

Der Brief des gefühlvollen und tugendhaften Mädchens rührte alle zu Tränen. Ihre Mutter antwortete ihr im Namen der gesamten Familie, ganz nach ihrem Belieben zu bleiben oder zurückzukehren, und versicherte ihr, daß alle seit ihrem Scheiden den besten Teil ihres Glückes verloren hätten und daß sie insbesondere untröstlich über die Trennung wäre.

Paul schrieb ihr einen sehr langen Brief, worin er ihr versprach, den Garten in ihrem Sinn herzustellen und darin die europäischen Pflanzen mit den afrikanischen zu vermischen, wie sie in ihrer Arbeit die beiden Namen ineinander geschlungen habe. Er schickte ihr Früchte von den Kokosbäumen an ihrem Brunnen, die zu vollkommener Reife gediehen waren. Andere Sämereien von der Insel, setzte er hinzu, wolle er nicht beifügen, damit das Verlangen, ihre Erzeugnisse wiederzusehen, sie zu baldiger Rückkehr bestimmen möge. Er bat sie, aufs baldigste den dringenden Wünschen der Familie und zumal den seinigen nachzugeben, da er fern von ihr keine Freude mehr genießen könne.

Paul säte mit der größten Sorgfalt die europäischen Samenkörner und hauptsächlich die der Veilchen und Skabiosen, deren Blüten einige Ähnlichkeit mit der Gemütsart und der Lage Virginies zu haben schienen, die sie ihm so angelegentlich empfohlen hatte. Aber sei es, daß sie bei der Überfahrt verdorben waren oder daß das Klima dieses Teils von Afrika ihnen nicht günstig war: genug, es ging nur eine geringe Anzahl davon auf, und auch diese gedieh nicht zu vollkommener Entwicklung.

Inzwischen verbreitete der Neid, der sogar dem Glück zuvorkommt, besonders in den französischen

Kolonien, auf der Insel Gerüchte, die Paul in erhebliche Unruhe versetzten. Leute von der Mannschaft des Schiffes, das den Brief Virginies mitgebracht hatte, versicherten, daß sie im Begriff sei, sich zu verheiraten. Sie nannten den Herrn vom Hofe, dessen Gattin sie werden sollte; einige behaupteten sogar, es wäre bereits geschehen, und wollten Augenzeugen gewesen sein. Anfänglich achtete Paul nicht auf diese Nachrichten, die ein Handelsschiff gebracht hatte, das an den Orten, wo es hinkommt, sehr häufig falsche Nachrichten verbreitet. Als aber mehrere Bewohner der Insel mit verstelltem Mitleid sich beeilten, ihn wegen dieses Ereignisses zu beklagen, begann er, dem Gerücht einigen Glauben beizumessen. Außerdem sah er in einigen der Romane, die er gelesen hatte, die Untreue ganz scherzhaft behandelt, und da er wußte, daß diese Bücher recht treue Gemälde der europäischen Sitten enthielten, so befürchtete er, die Tochter von Mme de la Tour könne ebenfalls verdorben worden sein und ihre alten Bindungen vergessen haben. Schon machten ihn die gewonnenen Einsichten unglücklich. Was seine Besorgnis vollends vermehrte, war, daß seitdem, in einem Zeitraum von sechs Monaten, Schiffe aus Europa hier anlegten, ohne daß ein einziges Nachrichten von Virginie mitbrachte.

Der unglückliche Jüngling, allen Stürmen seines Herzens preisgegeben, kam oft zu mir, um sich seine Befürchtungen durch meine Welterfahrung bestätigen oder verscheuchen zu lassen.

Ich wohne, wie ich Euch gesagt habe, anderthalb Meilen von hier, am Ufer eines kleinen Flusses, der an der Seite des „Langen Gebirges“ fließt. Dort bringe ich mein Leben zu, allein, ohne Frau, ohne Kinder und ohne Sklaven.

Nach dem seltenen Glück, eine Lebensgefährtin zu finden, die ganz zu uns paßt, ist der leidlichste

Zustand ohne Zweifel der, allein zu leben. Jeder, der sich viel über die Menschen zu beklagen hat, sucht die Einsamkeit. Es ist sogar sehr bemerkenswert, daß alle Völker, die durch Meinungen, Sitten oder Regierungsformen unglücklich wurden, zahlreiche Klassen von Bürgern hervorgebracht haben, die sich gänzlich der Einsamkeit und der Ehelosigkeit weihten. So war es bei den Ägyptern in der Zeit ihres Verfalles; bei den Griechen unter den Byzantinern; und so ist es noch heute bei den Indern, den Chinesen, den Neugriechen, den Italienern und den meisten Völkern des östlichen und südlichen Europa. Die Einsamkeit führt zum Teil den Menschen zum natürlichen Glückszustand zurück, indem sie ihn von den Gebrechen der bürgerlichen Gesellschaft fernhält. Mitten in unserer durch viele Vorurteile zersplitterten Gesellschaft befindet sich die Seele in einer fortwährenden Unruhe; unaufhörlich wälzt sie tausenderlei beunruhigende und sich widersprechende Meinungen in sich, mit denen die Glieder einer ehrsüchtigen und unzufriedenen Gesellschaft sich gegenseitig zu bekämpfen suchen. In der Einsamkeit aber legt sie jene fremdartigen Trugbilder, die sie nur verwirren, ab und gewinnt wieder das einfache, ungetrübte Gefühl ihrer selbst, der Natur und ihres Schöpfers. So setzt das schlammige Wasser eines Bergstromes, der die Felder verheert, wenn es sich in irgendeinem von seinem Lauf abseits gelegenen Bekken sammeln kann, den Schlamm auf dem Grund seines Bettes ab, nimmt seine frühere Klarheit und Durchsichtigkeit wieder an und spiegelt, neben seinen eigenen Ufern, das Grün der Erde und die Lichter des Himmels wider. Die Einsamkeit stellt sowohl die Harmonie des Körpers als die der Seele wieder her. Auch finden sich nur unter der Klasse der Einsiedler die Menschen, die das höchste Lebensalter erreichen, wie z. B. die Brahmanen in Indien. Kurz, ich halte sie für so notwendig selbst zum Glück in der Welt, daß es mir unmöglich scheint, das dauernde Vergnügen irgendeiner Empfindung, welcher Art sie auch sei, zu genießen, oder sein Verhalten nach einem festen Grundsatz zu regeln, wenn man sich nicht eine innere Einsamkeit schafft, aus der unsere Meinung nur selten heraustritt, und wo die eines anderen niemals Zutritt findet. Ich will deswegen nicht sagen, daß der Mensch unbedingt allein leben soll, denn er ist mit dem ganzen menschlichen Geschlecht durch seine Bedürfnisse verknüpft; er schuldet also den Menschen seine Tätigkeit; er ist auch der übrigen Natur verpflichtet. Wie aber Gott einem jeden von uns Organe gegeben hat, die den Elementen des Himmelskörpers, auf dem wir leben, entsprechen, Füße für den Boden, Lungen für die Luft, Augen für das Licht, ohne daß wir den Gebrauch dieser Sinnesorgane umkehren können, so hat er, der Urheber des Lebens, das Herz, als das Hauptorgan aller, sich allein vorbehalten.

Jch bringe also meine Tage fern von den Menschen zu, denen ich zu Diensten habe sein wollen und die mich dafür verfolgt haben. Nachdem ich einen großen Teil von Europa und einige Landstriche Amerikas und Afrikas durchwandert hatte, habe ich mich auf dieser wenig bewohnten Insel niedergelassen, angelockt durch ihre milde Luft und ihre Einsamkeit. Eine

Hütte, die ich mir im Wald unter einem Baum errichtet, ein Stück Feld, das ich mit eigenen Händen urbar gemacht habe, ein Fluß, der vor meiner Tür vorbeifließt, reichen zu meinen Bedürfnissen und zu meinem Vergnügen aus. Zu diesen Genüssen gehört noch der einiger guter Bücher, die mich lehren, besser zu werden. Diese bewirken sogar, daß die Welt, die ich verlassen habe, noch zu meinem Glück beiträgt: Sie führen mir Gemälde der Leidenschaften vor, welche die Menschen so elend machen, und gewähren mir durch den Vergleich, den ich zwischen ihrem und meinem Los anstellen kann, den Genuß eines negativen Glücks. Wie ein Mensch, der sich aus dem Schiffbruch auf einen Felsen gerettet hat, betrachte ich aus meiner Einsamkeit heraus die Stürme, welche die übrige Welt durchtoben. Meine eigene Ruhe wird verdoppelt durch das ferne Getöse des Sturmes. Seit die Menschen nicht mehr auf meinem Weg sind und ich mich nicht mehr auf dem ihrigen befinde, hasse ich sie nicht mehr, ich beklage sie nur. Wenn ich einem Unglücklichen begegne, so suche ich ihm durch meinen Rat zu Hilfe zu kommen, wie ein am Ufer eines Flusses Gehender einem Unglücklichen, der dem Ertrinken nahe ist, die Hand reicht. Aber ich habe immer nur die Unschuld bereit gefunden, auf meine Stimme zu achten. Die Natur lockt vergebens die übrigen Menschen zu sich; jeder macht sich ein Bild von ihr, das er mit seinen eigenen Leidenschaften bekleidet. Sein ganzes Leben lang verfolgt er dieses eitle Gespenst, das ihn irreführt, und zuletzt klagt er den Himmel an wegen der Täuschungen, die er sich selbst bereitet hat. Unter einer großen Anzahl Unglücklicher, die ich bisweilen auf den Weg der Natur zurückzuführen versucht habe, ist mir kein einziger vorgekommen, der nicht von seinem Elend berauscht gewesen wäre. Sie hörten mich anfänglich mit Aufmerksamkeit an, in der Hoffnung, daß ich ihnen behilflich sein würde, Ruhm und Glücksgüter zu erlangen; sobald sie aber merkten, daß ich sie nur darin unterweisen wollte, wie sie diese Dinge entbehren könnten, fanden sie mich selbst beklagenswert, weil ich ihrem elenden Glück nicht auch nachrennen wollte. Sie tadelten mein einsames Leben; sie behaupteten, daß sie allein den Menschen nützlich wären, und gaben sich Mühe, mich in ihren Wirbel hineinzuziehen. Aber wenn ich mich auch aller Welt mitteile, so gebe ich mich doch niemand hin. Oft bin ich mir selbst genug zur eigenen Belehrung. Ich durchmustere in meiner gegenwärtigen Ruhe die Leidenschaften, die ich in meinem Leben durchgemacht habe und denen ich so großen Wert beilegte: den Schutz der Großen, den Reichtum, die Ehre, die Leidenschaften und die Meinungen, die sich auf der ganzen Erde bekämpfen. Ich vergleiche dann so viele Menschen, die ich sich mit Wut um diese Hirngespinste streiten gesehen habe und die nicht mehr sind, mit den Wellen meines Flusses, die sich schäumend an den Felsen seines Bettes brechen, verschwinden und nie wiederkehren. Ich hingegen lasse mich friedlich auf dem Strom der Zeit nach dem Ozean der Zukunft hintragen, der von keinen Ufern begrenzt ist; durch die Betrachtung der gegenwärtigen Harmonie der Natur erhebe ich mich zu ihrem Schöpfer und erwarte in einer anderen Welt ein glücklicheres Los.

Obgleich man von meiner Einsiedelei aus, die mitten in einem Wald liegt, nicht eine solche Mannigfaltigkeit von Gegenständen erblickt wie von dieser Anhöhe, auf der wir uns gegenwärtig befinden, so bietet sie doch manchen anziehenden Betrachtungspunkt, zumal für einen Mann, der wie ich lieber in sich selbst einkehrt als sich nach außen wendet. Der Fluß, der vor meiner Tür vorbeifließt, geht schnurgerade durch den Wald, so daß er mir wie ein langer, von Bäumen und allerlei Laubwerk beschatteter Kanal erscheint. Da sind Tatamaken, Ebenholzbäume und solche, die man hierzulande Apfelholz nennt, ferner Oliven- und Zimtbäume; Gruppen von Palmen erheben hier und da ihre nackten, über hundert Fuß langen Schäfte, an den Gipfeln gekrönt von einem Büschel von Blättern, und erscheinen so über den anderen Bäumen wie ein Wald über dem Wald. Dazu kommen Lianen aller Art, die sich von Baum zu Baum schwingen und hier Arkaden von Blumen, dort lange Gehänge von Laubwerk bilden. Würzige Düfte gehen von den meisten dieser Bäume aus, und ihre Wohlgerüche durchdringen selbst die Kleider so sehr, daß jemand, der durch einen Wald gegangen ist, noch mehrere

Stunden danach duftet. In der Jahreszeit, wenn sie ihre Blüten entfalten, würdet Ihr sagen, sie seien halb mit Schnee bedeckt. Gegen Ende des Sommers kommen mehrere Arten fremder Vögel infolge eines unbegreiflichen Instinktes aus unbekannten Gegenden jenseits des weiten Ozeans, um die Samenkörner der Gewächse dieser Insel zu suchen, und setzen dem von der Sonne gebräunten Grün der Bäume den Glanz ihrer Farben entgegen. Dahin gehören unter andern mehrere Arten Papageien und die blauen Tauben, die hierzulande holländische Tauben heißen. Die Affen, die einheimischen Bewohner dieser Wälder, spielen in ihren schattigen Zweigen, von denen sie sich durch ihr graues und grünliches Fell und durch ihr kohlschwarzes Gesicht abheben. Die einen hängen sich mit den Schwänzen auf und schaukeln sich in der Luft; andere springen mit ihren Jungen in den Armen von Zweig zu Zweig. Niemals hat hier die mörderische Flinte diese friedlichen Kinder der Natur in Schrecken versetzt. Man hört nur Laute der Freude, Gezwitscher und den unbekannten Gesang einiger australischer Vögel, vom Echo der Wälder in der Ferne wiederholt. Der Fluß, der rauschend in einem Felsenbett unter Bäumen dahinströmt, spiegelt hier und da in seinen klaren Fluten ihre ehrwürdigen, grünen und schattigen Massen sowie die Spiele ihrer fröhlichen Bewohner wider; tausend Schritte davon stürzt er sich über mehrere Absätze des Felsens hinab und bildet in seinem Fall eine Wand glatt wie Glas, die hinabstürzend sich in Schaumblasen auflöst. Tausend verworrene Töne entsteigen diesem aufgeregten Gewässer, und durch die Lüfte in den Wald getragen, scheinen sie bald fernhin zu fliehen und sich zu zerstreuen, bald wieder alle auf einmal heranzukommen, betäubend wie das Geläute der Glocken eines Domes. Durch die Bewegung des Wassers fortwährend erfrischt, unterhält die Luft an den Ufern des Flusses, trotz der Hitze des Sommers,

ein Grün und eine Frische, wie man sie auf dieser Insel selbst auf der Höhe der Berge selten findet.

In einiger Entfernung von dort ist ein Felsen, weit genug vom Wasserfall abseits, daß man nicht von seinem Getöse betäubt wird, und doch hinlänglich nahe, um den Anblick, die Kühlung und das Murmeln des Wassers genießen zu können. Zur Zeit der großen Hitze begaben wir uns manchmal dahin, Mme de la Tour, Marguerite, Virginie, Paul und ich, um im Schatten dieses Felsens zu Mittag zu essen. Da Virginie bei ihren Handlungen, selbst den gewöhnlichsten, stets das Wohl anderer im Auge hatte, aß sie nie eine Frucht im Freien, ohne deren Nüsse oder Kerne in den Boden zu stecken.

„Es werden daraus Bäume entstehen“, sagte sie, „deren Früchte einst irgendeinem Wanderer oder wenigstens einem Vogel zugute kommen.“

Eines Tages, als sie am Fuß dieses Felsens eine Melonenbaumfrucht genossen hatte, steckte sie die Kerne auch in die Erde. Bald wuchsen dort mehrere Melonenbäume empor, darunter auch ein weiblicher, d. h. einer, der Früchte trägt. Dieser Baum ging Virginie bei ihrer Abreise noch nicht bis ans Knie; da er aber sehr schnell wächst, so hatte er nach zwei Jahren bereits zwanzig Fuß Höhe, und der obere Teil seines Stamms war von mehreren Reihen reifer Früchte umgeben. Einst kam Paul zufällig an diesen Ort, und als er den großen Baum sah, erwachsen aus dem kleinen Kern, den er seine Freundin hatte stekken sehen, wurde er von Freude erfüllt; gleichzeitig aber erregte ihm der Anblick dieses Zeugen ihrer langen Abwesenheit tiefe Trauer. Die Gegenstände, die wir alle Tage sehen, lassen uns nicht den reißenden

Verlauf unseres Lebens gewahr werden; sie altern unmerklich mit uns zugleich. Aber diejenigen, die wir mehrere Jahre aus dem Gesicht verloren haben und dann auf einmal wiedersehen, sie sind es, die uns zeigen, wie schnell der Strom unserer Tage dahinfließt. Paul war bei dem Anblick dieses großen, fruchtbeladenen Melonenbaumes nicht minder erstaunt und verwirrt als ein Reisender, der nach langer Abwesenheit vom Vaterland seine Altersgenossen nicht mehr antrifft und ihre Kinder, die bei seinem Scheiden noch an der Brust der Mutter tranken, selbst als Familienväter wiedersieht. Bald wollte er den Baum umhauen, weil er ihn die Länge der Zeit, die seit Virginies Abreise verflossen war, zu sehr empfinden ließ; bald sah er in ihm wieder ein Denkmal ihrer Wohltätigkeit, küßte seinen Stamm und richtete an ihn Worte der Liebe und des Schmerzes. O Baum, dessen Nachkommen noch in unseren Wäldern fortleben, ich habe dich mit mehr Teilnahme und Ehrfurcht betrachtet als die Triumphbogen der Römer! Möge die Natur, die jeden Tag an der Zerstörung der Denkmäler fürstlichen Ehrgeizes arbeitet, die der Wohltätigkeit eines armen jungen Mädchens in unseren Wäldern vermehren!

Unter diesem Melonenbaum traf ich Paul gewiß, sooft er in meine Gegend kam. Eines Tages fand ich ihn von Schwermut niedergebeugt und hatte mit ihm ein Gespräch, das ich Euch mitteilen will, wenn ich Euch nicht allzu lästig falle mit meinen langen Abschweifungen, die mein Alter und meine letzte Freundschaft entschuldigen mögen. Ich will es Euch in Form eines Zwiegesprächs wiedergeben, damit Ihr eine Vorstellung von dem gesunden, natürlichen Verstand des Jünglings erhaltet; Ihr werdet den Unterschied der sprechenden Personen durch den Inhalt seiner Fragen und meiner Antworten leicht finden. Er sagte zu mir:

„Ich bin sehr betrübt. Mlle de la Tour ist nun schon zwei Jahre und zwei Monate fort, und seit achteinhalb Monaten haben wir keine Nachrichten von ihr. Sie ist reich, ich bin arm; sie hat mich vergessen. Mir ist der Gedanke gekommen, mich einzuschiffen. Ich will nach Frankreich; ich will dort dem König dienen; ich will mein Glück dort machen, und die Großtante von Mlle de la Tour wird mir ihre Nichte zur Frau geben, wenn ich ein angesehener Herr geworden bin."

Der Alte: „O mein Freund, hast du mir nicht gesagt, daß du nicht von Stand seist?"

Paul: „Meine Mutter hat es mir gesagt; denn ich selbst weiß nicht, was das heißt: von Stand sein. Ich habe niemals bemerkt, daß ich weniger Stand hätte als andere, noch die anderen mehr."

Der Alte: „Der Mangel an Stand oder Geburt versperrt dir den Weg zu den großen Stellen; ja noch mehr, er hindert dich sogar, in irgendeinen höheren Stand aufgenommen zu werden."

Paul: „Ihr habt mir mehrmals gesagt, daß eine der Ursachen von Frankreichs Größe darin liege, daß auch der geringste Untertan zu allem gelangen könne, und

Ihr habt mir viele berühmte Männer angeführt, die aus den niederen Ständen hervorgegangen sind und ihrem Vaterland Ehre gemacht haben. Wollt Ihr mir den Mut nehmen?"

Der Alte: „Mein Sohn, niemals werde ich ihn dir niederdrücken. Ich habe dir in bezug auf frühere Zeiten die Wahrheit gesagt; aber jetzt haben sich die Dinge gewaltig geändert. Alles ist in Frankreich käuflich geworden; alles ist heutzutage im Besitz einiger weniger Familien oder Eigentum von Gesellschaften oder Ständen. Der König ist eine Sonne, welche die Großen und die Stände umgeben wie Wolken; es ist fast unmöglich, daß einer seiner Strahlen auf dich fällt. Früher kamen wohl, bei einer weniger verwickelten Verwaltung, dergleichen Erscheinungen vor. Damals haben sich von allen Seiten die Talente und das Verdienst entfaltet wie neues Land, das erst urbar gemacht wurde und dann aus voller Kraft Frucht trägt. Aber die großen Fürsten, welche die Menschen zu erkennen und auszuwählen verstehen, sind selten. Der gewöhnliche Schlag der Fürsten folgt nur den Einflüsterungen der Großen und der Stände, die sie umgeben."

Paul: „Aber kann ich nicht in einem der Großen einen Förderer finden?"

Der Alte: „Um von den Großen gefördert zu werden, muß man ihrem Ehrgeiz oder ihrem Dünkel schmeicheln. Das würde dir aber nie gelingen, denn du bist nicht von Stand und zu rechtschaffen."

Paul: „Aber ich will so mutige Handlungen begehen, ich will so treu mein Wort halten, so gewissenhaft in meinen Pflichten, so eifrig und beständig in meiner Freundschaft sein, daß ich mir das Verdienst erwerbe, von einem unter ihnen als Sohn angenommen zu werden, wie das in den alten Geschichten vorkam, die Ihr mich habt lesen lassen."

Der Alte: „O lieber Freund, bei den Griechen und Römern, selbst zur Zeit ihres Verfalls, hatten die Großen noch Achtung vor der Tugend. Wir aber haben eine Menge berühmter Leute jeder Art gehabt, die aus dem Volk hervorgegangen sind, und ich kenne keinen einzigen unter ihnen, der von einem Großen unter seinen Schutz genommen worden wäre. Ohne unsere Könige wäre in Frankreich die Tugend verdammt, ewig den kleinen Leuten anzugehören. Sie bringen sie, wie ich dir gesagt habe, bisweilen zu

Ehren, wenn sie ihnen nämlich in die Augen fällt, aber die Auszeichnungen, die ihr früher vorbehalten waren, sind heute nur für Geld zu haben."

Paul: „Fehlt es mir an einem Großen, so will ich mich einer Gesellschaft anschließen. Ich will ganz und gar ihren Geist und ihre Ansichten annehmen, ich will mich ihr beliebt machen."

Der Alte: „Willst du also wie die anderen werden, willst du dein Gewissen aufgeben, um dein Glück zu machen?"

Paul: „Keineswegs! Ich werde immer nur der Wahrheit nachstreben."

Der Alte: „Dann wirst du, statt dich beliebt zu machen, dir Haß zuziehen; denn der Gesellschaft ist es überdies sehr wenig um die Wahrheit zu tun. Jede Ansicht ist den Ehrgeizigen gleichgültig, wenn sie nur herrschen können."

Paul: „Wie unglücklich bin ich! Alles stößt mich von sich. Ich bin verdammt, mein Leben in ruhmloser Arbeit, fern von Virginie, hinzubringen." Und er seufzte tief.

Der Alte: „Gott sei dein alleiniger Beschützer und das menschliche Geschlecht deine Gesellschaft.

Widme dich immer nur diesen beiden. Familien, Stände, Völker, Könige, alle haben ihre Vorurteile und ihre Leidenschaften; oft kann man ihnen nur durch Laster dienstlich sein: Gott aber und die Menschheit verlangen nur Tugenden.

Aber warum willst du dich durchaus vor den übrigen Menschen auszeichnen? Das ist kein natürliches Verlangen; denn wenn alle es hätten, so befände sich jeder im Kriegszustand mit seinem Nächsten. Begnüge dich damit, deine Pflicht in den Verhältnissen zu erfüllen, in die die Vorsehung dich gestellt hat; segne dein Geschick, das dir gestattet, dir dein Gewissen zu bewahren, und dich nicht zwingt wie die Großen, dein Glück von den Meinungen der Geringen abhängig zu machen, noch wie die Kleinen, vor den Großen zu kriechen, um ihren Lebensunterhalt zu haben. Du bist in einem Land und in einer Lage, wo du, um leben zu können, nicht zu schmeicheln noch zu täuschen, noch dich herabzuwürdigen brauchst, wie es die meisten tun, die in Europa ihr Glück suchen; in einem Land, wo dein Stand dir keine Tugend untersagt, wo du ungestraft gut, wahr, aufrichtig, gebildet, duldsam, mäßig, enthaltsam, nachsichtig, fromm sein kannst, ohne daß deine Weisheit, wenn sie aufblüht, lächerlich gemacht wird. Der Himmel hat dir Freiheit, Gesundheit, ein gutes Gewissen und Freunde gegeben: Die Könige, nach deren Gunst du so begierig trachtest, sind nicht so glücklich!"

Paul: „Ach, Virginie fehlt mir! Ohne sie habe ich nichts, mit ihr hätte ich alles! Sie allein ersetzt mir Stand, Ruhm und Glück. Aber wenn ihre Verwandte ihr nur einen Mann mit einem großen Namen zum Gatten geben will, nun, durch Studium und Bücher wird man ja gelehrt und berühmt; deshalb will ich studieren. Ich will mir Kenntnisse erwerben, ich will meinem Vaterland durch meine Gelehrsamkeit nützlich werden, ohne jemandem zu schaden oder von jemandem abhängig zu sein; ich will berühmt werden und meinen Ruhm nur mir verdanken."

Der Alte: „Mein Sohn, ausgezeichnete Gaben sind noch seltener als Geburt und Reichtümer, und unbedingt sind sie größere Güter, weil nichts sie rauben kann und weil sie uns überall die öffentliche Hochachtung erwerben. Aber sie kommen teuer zu stehen; man erwirbt sie nur durch Entbehrungen aller Art, durch eine Feinheit und Erregbarkeit des Gefühls, die uns nach innen und nach außen unglücklich macht, und durch Verfolgungen von seiten unserer Zeitgenossen. Der Staatsmann beneidet in Frankreich nicht den Ruhm des Kriegers, noch der Krieger den des Seemanns; aber jedermann wird dort deinen Weg durchkreuzen, weil jeder sich einbildet, Geist zu haben. Du willst den Menschen dienlich sein, sagst du; aber derjenige, der auf einem Ackerstück eine Garbe Roggen

mehr erzeugt, erweist ihnen einen größeren Dienst, als einer, der ihnen ein Buch liefert."

Paul: „Wahrhaftig! Sie, die diesen Baum pflanzte, hat den Bewohnern dieser Wälder ein nützlicheres und angenehmeres Geschenk gemacht, als wenn sie ihnen eine ganze Bibliothek gegeben hätte." Bei diesen Worten umschlang er den Baum und küßte ihn inbrünstig.

Der Alte: „Das beste aller Bücher, das nichts als Gleichheit, Liebe, Menschlichkeit und Eintracht predigt, das Evangelium, hat jahrhundertelang den Europäern zum Vorwand ihrer wilden Leidenschaften gedient. Wie viele öffentliche und geheime Grausamkeiten werden in seinem Namen noch jetzt auf der Erde ausgeübt! Wer sollte sich, nach diesem Beispiel, noch schmeicheln, den Menschen durch ein Buch nützlich zu sein? Erinnere dich an das Schicksal der meisten Philosophen, die ihnen Weisheit predigten. Homer, der sie in so schöne Verse gekleidet hat, mußte zeitlebens um sein Brot betteln; Sokrates, der den Athenern durch seine Gespräche und durch seine eigene Lebensweise so beherzigenswerte Lehren gab, wurde vom Gericht zum Tod durch Gift verurteilt. Sein großer Schüler Plato wurde auf Befehl desselben

Fürsten, der sein Beschützer war, der Sklaverei überliefert, und noch vor diesen wurde Pythagoras, dessen Menschlichkeit sich bis auf die Tiere ausdehnte, durch die Krotoniaten lebendig verbrannt. Was sage ich? Die meisten dieser berühmten Namen sind sogar durch irgendeinen satirischen Zug, der sie charakterisieren soll, entstellt auf uns gekommen, weil es dem menschlichen Undank beliebt, sie nur daran zu erkennen. Und wenn unter der Menge der Ruf einzelner unbefleckt und rein der Nachwelt überliefert wurde, so hat das darin seinen Grund, daß diejenigen, die ihn besaßen, fern von der Gesellschaft ihrer Zeitgenossen gelebt haben, ähnlich jenen Bildsäulen, die man unversehrt aus den Feldern Griechenlands und Italiens ausgräbt und die der Wut der Barbaren entgangen sind, weil sie im Schoß der Erde vergraben waren.

Du siehst also, daß man, um den unruhevollen Ruhm der Gelehrsamkeit zu erlangen, großer Tugend bedarf und bereit sein muß, sein Leben zu opfern. Übrigens, glaubst du, daß in Frankreich die reichen Leute von diesem Ruhm Kenntnis nehmen? Sie kümmern sich sehr wenig um die Gelehrten, denen ihre Wissenschaft im Vaterland weder Würden noch hohe Stellen noch

Zutritt bei Hof einträgt. Zwar ist man wenig verfolgungssüchtig in diesem Jahrhundert, das sich gleichgültig gegen alles verhält, mit Ausnahme von Reichtum und Genüssen; aber hervorragende Kenntnisse und Tugend führen auch zu keinerlei Auszeichnung, weil Geld im Staat alles entscheidet. Früher fanden jene sichere Belohnung durch verschiedene Stellen bei der Kirche, bei der Obrigkeit und der Verwaltung; heutzutage dienen sie zu nichts, als Bücher zu schreiben. Aber diese bei den Vornehmen wenig geschätzte Frucht bleibt dennoch immer ihres himmlischen Ursprungs würdig. Gerade diesen Büchern ist es insbesondere vorbehalten, der ungekannten Tugend Glanz zu verleihen, die Unglücklichen zu trösten, die Völker aufzuklären und selbst Königen die Wahrheit zu sagen. Das ist doch ohne Widerspruch der herrlichste Beruf, womit der Himmel einen Sterblichen auf Erden beehren kann. Wo ist der Mann, der sich nicht über die Ungerechtigkeit oder die Mißachtung derjenigen trösten sollte, die über Reichtümer zu gebieten haben, wenn er daran denkt, daß sein Werk von Jahrhundert zu Jahrhundert und von Volk zu Volk fortleben wird, um dem Irrtum und der Gewaltherrschaft zur

Schranke zu dienen, und daß mitten aus dem Schoß der Dunkelheit, in der er gelebt hat, ein Ruhm hervorstrahlen wird, welcher den der meisten Könige verdunkelt, deren Denkmäler trotz der Schmeichler, die sie in den Himmel erheben, in Vergessenheit unterzugehen."

Paul: „Ach! Ich wünschte diesen Ruhm nur, um ihn über Virginie zu verbreiten und sie der ganzen Welt schätzenswert zu machen. Aber da Ihr soviel wißt, so sagt mir doch, ob wir uns heiraten werden. Ich möchte gelehrt sein, um wenigstens die Zukunft zu erfahren."

Der Alte: „Wer würde leben können, mein Sohn, wenn er die Zukunft wüßte? Ein einziges vorausgeahntes Unglück verursacht uns schon so viel vergebliche Unruhe! Die Aussicht auf ein sicheres Unglück würde alle Tage, die ihm vorausgehen, vergiften. Man darf nicht einmal zu tief in das, was uns umgibt, blicken wollen; und der Himmel, der uns das Nachdenken gab, um für unsere Bedürfnisse zu sorgen, hat uns die Bedürfnisse gegeben, um unserem Nachdenken Grenzen zu setzen."

Paul: „Durch Geld, sagt Ihr, erlangt man in Europa Würden und Ehre. So will ich nach Bengalen gehen, um dort reich zu werden und dann Virginie in Paris heiraten zu können. Ich werde mich einschiffen."

Der Alte: „Was, du möchtest ihre und deine Mutter verlassen?"

Paul: „Ihr habt mir ja erst vor kurzem selbst den Rat gegeben, nach Indien zu gehen."

Der Alte: „Damals war Virginie noch hier. Jetzt aber bist du die einzige Stütze deiner und ihrer Mutter."

Paul: „Virginie wird ihnen durch ihre reiche Verwandte Hilfe zufließen lassen."

Der Alte: „Die Reichen helfen nur denjenigen, die ihnen in der Welt Ehre machen. Sie haben Verwandte, die weit mehr zu beklagen sind als Mme de la Tour und die, weil sie von ihnen nicht unterstützt werden, ihre Freiheit opfern müssen, um nur Brot zu haben und ihr Leben hinter Klostermauern zubringen."

Paul: „Was ist das für ein Land, dieses Europa! Oh, Virginie muß zu uns zurückkommen! Wozu braucht sie eine reiche Verwandte? Sie war so zufrieden unter unseren Hütten, so hübsch und so schön geschmückt mit einem roten Tuch oder mit einem Blumenkranz um den Kopf! Komm zurück, Virginie! Verlasse deine

Paläste und deine Herrlichkeiten! Komm zurück zu diesen Felsen, in den Schatten dieser Wälder und unserer Kokosbäume! Ach! Du bist jetzt vielleicht unglücklich! ... (Er begann zu weinen.) Lieber Vater, verbergt mir nichts: Wenn Ihr mir nicht sagen könnt, ob ich Virginie heiraten werde, so laßt mich wenigstens wissen, ob sie mich noch liebt mitten unter jenen großen Herren, die mit dem König sprechen und die ihr Besuche machen."

Der Alte: „Mein Freund! Ich bin überzeugt, daß sie dich liebt, aus mehreren Gründen, hauptsächlich aber, weil sie tugendhaft ist." Bei diesen Worten fiel er mir außer sich vor Freude um den Hals.

Paul: „Haltet Ihr die europäischen Frauen für treulos, wie sie in den Lustspielen und in den Büchern, die Ihr mir geliehen habt, geschildert werden?"

Der Alte: „Die Frauen sind falsch in den Ländern, wo die Männer tyrannisch sind. Überall ruft die Gewalt die List hervor."

Paul: „Wie kann man gegen die Frauen tyrannisch sein?"

Der Alte: „Wenn man sie verheiratet, ohne sie nach ihrem eigenen Willen zu fragen: ein junges Mädchen mit einem Greis, eine gefühlvolle Frau mit einem teilnahmslosen Mann."

Paul: „Warum verbinden sich aber nicht die, die zueinander passen, die Jungen mit den Jungen und die Liebenden mit denen, die sie wieder lieben?"

Der Alte: „Weil die meisten jungen Leute in Frankreich nicht genug Vermögen haben, um heiraten zu können, sondern erst, wenn sie alt werden, soviel erlangen. Solange sie jung sind, verführen sie die Frauen ihrer Nachbarn, und sind sie alt, so können sie die Liebe ihrer Gattinnen nicht mehr fesseln. In der Jugend haben sie betrogen; im Alter kommt die Reihe an sie, betrogen zu werden. Das ist eine der Rückwirkungen der allgemeinen Gerechtigkeit, die die Welt regiert: Eine Ausschreitung hält immer einer anderen das Gleichgewicht. So bringen die meisten Europäer ihr Leben in dieser zweifachen Unordnung zu, und diese Unordnung nimmt in einer Gesellschaft in dem Maß zu, wie der Reichtum sich auf eine geringere Anzahl von Köpfen häuft. Der Staat gleicht einem Garten, worin die kleinen Bäume nicht aufkommen können, wenn zuviel große darin sind, die sie beschatten; aber es gibt dabei den Unterschied, daß die Schönheit eines Gartens durch eine kleine Anzahl großer Bäume bedingt sein kann, daß dagegen das Gedeihen eines Staates immer von der Menge und der Gleichheit der Untertanen abhängt und nicht von einer geringen Anzahl Reicher."

Paul: „Warum muß man denn aber reich sein, um sich verheiraten zu können?"

Der Alte: „Damit man seine Tage im Überfluß hinbringen kann, ohne etwas zu tun."

Paul: „Und warum will man nicht arbeiten? Ich arbeite gern!"

Der Alte: „Weil in Europa die Arbeit der Hände entehrt: Man nennt sie niedere Handwerker-Arbeit. Gerade der Ackerbau ist dort die verachtetste aller Beschäftigungen. Ein Handwerker wird höher geachtet als ein Bauer."

Paul: „Was! Die Kunst, welche die Menschen ernährt, wird in Europa mißachtet? Ich begreife Euch nicht."

Der Alte: „Es ist einem Menschen, der in der Natur aufgewachsen ist, auch nicht möglich, die Seltsamkeiten der menschlichen Gesellschaft zu begreifen. Man kann sich eine bestimmte Vorstellung von der Ordnung machen, nicht aber von der Unordnung. Die Schönheit, die Tugend, die Glückseligkeit lassen sich mit Maßstäben messen; die Häßlichkeit, das Laster und das Unglück nicht."

Paul: „Die reichen Leute sind also sehr glücklich! Sie finden nirgends Hindernisse; sie können diejenigen, die sie lieben, mit Freuden überhäufen."

Der Alte: „Sie sind größtenteils für alle Freuden abgestumpft, gerade weil sie ihnen keine Mühe machen. Hast du nicht selbst erfahren, daß man das Vergnügen der Ruhe nur durch Ermüdung erkauft? Das des Essens durch Hunger, das des Trinkens durch Durst? Ebenso erwirbt man das Glück, zu lieben und geliebt zu werden, nur durch eine Reihe von Entsagungen und Aufopferungen. Der Reichtum beraubt aber die Reichen aller dieser Freuden, indem er ihren Bedürfnissen zuvorkommt. Nimm dazu noch die Langeweile, die aus ihrer Übersättigung folgt, den Stolz, den übergroßer Reichtum erzeugt und den die geringste Entbehrung verletzt, selbst dann, wenn die größten Genüsse keinen Reiz mehr haben. Der Wohlgeruch von tausend Rosen befriedigt nur einen Augenblick; aber der Schmerz, den ein einziger ihrer Dornen verursacht, wirkt noch lange nach dem Stich. Ein Leiden inmitten der Freuden ist für die Reichen ein solcher Dorn zwischen den Blumen. Für die Armen dagegen ist eine Freude inmitten der Leiden eine Blume zwischen Dornen; sie empfinden lebhaft ihren Genuß. Jede Wirkung wird durch den Gegensatz verstärkt; die Natur hält alles im Gleichgewicht. Wenn du nun alles das erwägst, welcher Zustand scheint dir der wünschenswertere: der, fast nichts zu hoffen zu haben und alles zu fürchten, oder der, fast nichts zu fürchten zu haben und alles zu hoffen? Der erstere entspricht den Reichen, der letztere den Armen. Aber diese Gegensätze sind den Menschen gleich unerträglich; denn ihr Glück besteht im Mittelmaß und in der Tugend."

Paul: „Was versteht Ihr denn unter Tugend?"

Der Alte: „Lieber Sohn, du, der du deine Verwandten durch deine Arbeit erhältst, hast nicht nötig, daß man sie dir erklärt. Die Tugend ist eine Überwindung von uns selbst zum Wohle anderer, in der Absicht, Gott allein zu gefallen."

Paul: „Oh, wie tugendhaft ist dann Virginie! Nur aus Tugend hat sie reich werden wollen, um Wohltäterin sein zu können. Aus Tugend hat sie diese Insel verlassen; die Tugend wird sie wieder zurückführen."

Der Gedanke an ihre nahe Rückkehr entflammte die Einbildungskraft des Jünglings, und all sein Kummer schwand. Virginie hatte nicht geschrieben, weil sie kommen wollte. Man brauchte ja so wenig Zeit, um mit günstigem Wind aus Europa zurückzusegeln! Er zählte die Schiffe auf, welche die Fahrt von viertausendfünfhundert Meilen in weniger als drei Monaten vollendet hatten. Das Fahrzeug, in das sie sich eingeschifft hatte, würde nicht mehr als zwei dazu brauchen; die Schiffbauleute wären heute sehr begabt und die Seeleute so geschickt! Er sprach von Anordnungen, die er treffen müßte, um sie zu empfangen, von der neuen Wohnung, die er bauen wollte, von Freuden und Überraschungen, die er ihr täglich bereiten wollte, wenn sie seine Frau sein würde. Seine Frau! ... Diese Vorstellung entzückte ihn.

„Dann, Vater“, sagte er zu mir, „dürft Ihr bloß noch zu Eurem Vergnügen arbeiten. Denn da Virginie reich ist, werden wir viele Schwarze haben, und diese arbeiten für Euch. Ihr sollt immer bei uns sein und keine andere Sorge haben, als wie Ihr Euch unterhaltet und erfreut.“

Und er ging, ganz außer sich, um seiner Familie die Freude, von der er trunken war, mitzuteilen.

In kurzer Zeit folgten den überspannten Hoffnungen große Besorgnisse. Heftige Leidenschaften werfen die Seele von einem Extrem ins andere. Oft kam Paul schon am frühen Morgen zu mir, von Traurigkeit ganz niedergedrückt.

Er sagte zu mir:

„Virginie schreibt mir nicht. Wenn sie aus Europa abgereist wäre, so hätte sie es mir gemeldet. Ach, die Gerüchte, die sich bei uns über sie verbreitet haben, sind vielleicht nur zu begründet! Ihre Tante hat sie an einen großen Herrn verheiratet. Die Liebe zu Reichtümern hat sie verdorben wie so viele andere. In den Büchern, welche die Frauen so treffend schildern, wird die Tugend doch nur als etwas Romanhaftes behandelt. Wäre Virginie wirklich tugendhaft gewesen, so hätte sie nicht ihre eigene Mutter und mich verlassen. Während ich mein Leben damit hinbringe, an sie zu denken, vergißt sie mich. Ich vergehe vor Kummer, und sie lebt ihrem Vergnügen. Dieser Gedanke bringt mich zur Verzweiflung! Jede Arbeit ist mir zuwider; jedes Zusammensein mit anderen wird mir lästig. Wollte Gott, in Indien würde der Krieg erklärt! Ich würde hinfahren, um dort zu sterben.“

Mein Sohn“, antwortete ich ihm, „der Mut, der uns in den Tod treibt, ist nur der Mut des Augenblicks. Er wird oft nur erregt durch den eitlen Beifall der Menschen. Es gibt aber einen weit selteneren und doch weit notwendigeren Mut, der uns befähigt, jeden Tag, ohne Zeugen und ohne Lob, die Widerwärtigkeiten des Lebens zu ertragen: Das ist die Geduld. Diese stützt sich nicht auf die Meinungen anderer oder auf den Antrieb unserer Leidenschaften, sondern auf den Willen Gottes. Die Geduld ist der Mut der Tugend!“

„Ach!“ rief er aus, „ich habe also keine Tugend! Alles bedrückt mich und bringt mich zur Verzweiflung.“

„Die stets sich gleichbleibende Tugend“, begann ich wieder, „die beständige, unveränderliche, ist nicht das Erbteil des Menschen. Inmitten so vieler Leidenschaften, die uns hin- und herwerfen, verwirrt und trübt sich unsere Vernunft; aber es gibt Leuchttürme, an denen wir ihre Fackel wieder anzünden können: Dies sind die Wissenschaften.

Lieber Sohn, die Wissenschaften sind eine Hilfe des Himmels. Sie sind Strahlen jener Weisheit, die das Weltall regiert und die der Mensch, durch himmlische Eingebung begeistert, auf der Erde festzuhalten gelernt hat. Den Strahlen der Sonne ähnlich, erleuchten, erfreuen, erwärmen sie; sie sind ein göttliches Feuer. Wie das Feuer machen sie die ganze Natur unserem Gebrauch dienstbar. Durch sie vereinigen wir um uns her die Dinge, die Räume, die Menschen und die Zeiten. Sie sind es, die uns die Regeln des Lebens geben. Sie dämpfen die Leidenschaften, drängen die Laster zurück, rufen Tugenden hervor durch die erhabenen Beispiele edler Menschen, deren Namen sie verherrlichen und deren stets geehrte Bilder sie uns vor Augen führen. Sie sind Töchter des Himmels, die zur Erde herabkommen, um die Leiden der Menschheit zu lindern. Die großen Schriftsteller, die sie begeistern, sind immer in den Zeiten erschienen, die für jede Gesellschaft am schwersten zu ertragen sind, in den Zeiten der Barbarei und des Niederganges. Die Wissenschaften, mein Sohn, haben unzählige Menschen getröstet, die unglücklicher waren als du bist: Xenophon, der aus dem Vaterland verbannt wurde, nachdem er zehntausend Griechen dahin zurückgeführt; Scipio Africanus, welcher der Verleumdungen der Römer, Lucullus, der ihrer Parteiränke, Catinat, welcher der Undankbarkeit seines Hofes müde wurde. Die so geistvollen Griechen hatten je einer der Musen, die den Wissenschaften vorstehen, einen Bereich unserer Geistestätigkeit zur Verwaltung übergeben. Ihrer Leitung also müssen wir unsere Leidenschaften anheimgeben, damit sie ihnen Joch und Zügel auflegen. Sie sollen unsere Geistesfähigkeiten ebenso lenken wie die Horen, welche die Rosse des Sonnengottes anschirrten und leiteten.

„Lies also, mein Sohn. Die Weisen, die vor uns geschrieben haben, sind Reisende, die uns auf den Pfaden des Unglücks vorangegangen sind, die uns die Hand entgegenstrekken und uns einladen, uns ihrer Gesellschaft anzuschließen, wenn alles uns verläßt. Ein gutes Buch ist ein guter Freund.“

„Ach!“ rief Paul, „als Virginie noch hier war, brauchte ich nicht lesen zu können. Sie hatte ebensowenig gelernt wie ich; aber wenn sie mich anblickte und mich ihren Freund nannte, so war es mir unmöglich, mürrisch zu sein.“

„Sicherlich“, sagte ich zu ihm, „gibt es keinen so angenehmen Freund wie eine Geliebte, die uns wiederliebt. Zudem liegt in der Frau eine leichte Heiterkeit, die den Trübsinn des Mannes zerstreut. Ihre Anmut verscheucht die schwarzen Gespenster seines grübelnden Nachsinnens. Auf ihrem Antlitz ruht der Reiz der Sanftmut und das Vertrauen. Welche Freude wird nicht erhöht durch ihre Mitfreude? Welche Stirn entrunzelt sich nicht bei ihrem Lächeln? Welcher Zorn widersteht ihren Tränen? – Virginie wird zurückkehren und mit mehr Lebensklugheit, als du besitzt. Sie wird sehr verwundert sein, den Garten noch nicht völlig wiederhergestellt zu finden, sie, die fern von ihrer Mutter und von dir nur auf seine Verschönerung bedacht ist, trotz der üblen Behandlung durch ihre Tante.“

Die Vorstellung von Virginies naher Rückkehr fachte Pauls Mut aufs neue an, und er kehrte wieder zu seinen ländlichen Beschäftigungen zurück, glücklich bei all seinen Leiden, daß seine Arbeit einem Zweck diente, der seiner Leidenschaft wohltat.

Eines Morgens, bei Anbruch des Tages (es war der 24. Dezember 1744), sah Paul, als er eben aufstand, daß eine weiße Flagge auf dem „Hügel der Entdeckung“ aufgerichtet war. Diese Flagge war das gewöhnliche Zeichen für ein Schiff, das man auf dem Meer sah. Paul eilte in die Stadt, um zu erfahren, ob es Nachrichten von Virginie mitbringe. Er blieb dort, bis der Lotse, der wie üblich abgefahren war, um das Schiff zu identifizieren, zurückkam. Dieser kehrte erst am Abend heim. Er berichtete dem Gouverneur, das signalisierte Schiff sei die „St-Géran“, mit einer Ladung von 700 Tonnen, befehligt von einem Kapitän namens Aubin; es befinde sich vier Meilen weit in See und werde nicht eher als morgen nachmittag in Port-Louis einlaufen, sofern der Wind günstig sei. Im Augenblick herrschte völlige Windstille. Der Lotse übergab dem Gouverneur die Briefe, die das Schiff aus Frankreich mitbrachte. Darunter war einer an Mme de la Tour von Virginies Hand. Paul bemächtigte sich seiner sogleich, küßte ihn voll Entzücken, drückte ihn an sein Herz und eilte damit nach Hause. Sobald er die Seinigen, die seine Rückkehr auf dem Felsen des Abschieds erwarteten, von weitem erblickte, hielt er den Brief in die Höhe, ohne ein Wort sprechen zu können. Alsbald scharten sich alle um Mme de la Tour, um seinen Inhalt zu hören. Virginie meldete ihrer Mutter, sie habe von ihrer Großtante viel Härte erdulden müssen; sie habe sie wider ihren Willen verheiraten wollen, dann enterbt und schließlich zurückgeschickt, zu einer Zeit, die ihre Ankunft auf Ile-de-France gerade in die Periode der Stürme fallen lasse; vergeblich habe sie sie umzustimmen versucht, indem sie ihr aufgezeigt habe, was sie ihrer Mutter und den Erinnerungen ihrer Kindheit schuldig sei; sie habe sie als unverständiges Mädchen behandelt, deren Kopf durch Romane verdorben worden sei; jetzt sei sie nur erfüllt von dem Glück, ihre teure

Familie wiederzusehen und zu umarmen, und sie würde diesen heißen Wunsch noch am heutigen Tag befriedigt haben, wenn der Kapitän ihr erlaubt hätte, sich in der Schaluppe des Lotsen einzuschiffen; er habe sich aber ihrer Abfahrt wegen der weiten Entfernung vom Land widersetzt und wegen des Seegangs, der trotz der Windstille auf dem offenen Meer herrsche.

Kaum war dieser Brief vorgelesen worden, als die ganze Familie außer sich vor Freude rief: „Virginie ist da!“ Herrschaft und Diener, alle umarmten sich. Mme de la Tour sagte zu Paul: „Mein Sohn, geh und benachrichtige unseren Nachbar von Virginies Ankunft.“ Sogleich zündete Domingo eine Fackel von Rundholz an, und Paul und er machten sich auf den Weg zu meiner Wohnung.

Ich denke, es war zehn Uhr abends. Eben hatte ich meine Lampe gelöscht und mich zur Ruhe gelegt, als ich durch die Hecke um meine Hütte einen Lichtschein im Gebüsch bemerkte. Bald darauf vernahm ich die Stimme Pauls, der mich rief. Ich stand auf, und kaum hatte ich mich angezogen, warf sich Paul, außer sich und ganz atemlos, mir an den Hals und rief:

„Auf, auf! Virginie ist angekommen! Wir wollen zum Hafen, das Schiff wird bei Tagesanbruch dort vor Anker gehen!“

Sogleich machten wir uns auf den Weg. Als wir den Wald des „Langen Gebirges“ durchschritten und auf dem Pfad waren, der von den

Pampelmusen zum Hafen führt, hörte ich jemand hinter uns hergehen. Es war ein Schwarzer, der sich uns mit großen Schritten näherte. Als er uns erreicht hatte, fragte ich ihn, woher er komme und wohin er mit so großer Eile wolle. Er antwortete:

„Ich komme aus dem Teil der Insel, der ‚Goldstaub-

gebiet‘ heißt. Man schickt mich zum Hafen, dem Gouverneur zu berichten, daß ein französisches Schiff unter der Insel Ambra geankert hat. Es feuert Notschüsse ab, denn die See ist sehr stürmisch.“ Nach diesen Worten lief er eilig weiter, ohne sich länger aufzuhalten.

Ich sagte darauf zu Paul: „Auf, zum Goldstaubgebiet, Virginie entgegen! Es liegt nur drei Meilen von hier.“ Wir machten uns also auf den Weg zum nördlichen Teil der Insel. Es war erstickend heiß. Der Mond war aufgegangen; um ihn herum sah man drei große schwarze Ringe. Der Himmel war von erschrekkender Dunkelheit. Bei dem Licht der häufigen Blitze erkannte man lange Streifen dicker, finster und schwer niederhängender Wolken, die, obschon man am Land nicht den geringsten Luftzug verspürte, mit reißender Schnelle vom Meer herkamen und sich über der Mitte der Insel auftürmten. Während wir weitergingen, glaubten wir den Donner rollen zu hören; als wir aber aufmerksamer hinhorchten, unterschieden wir deutlich, daß es Kanonenschüsse waren, die vom Echo wiederholt wurden. Verbunden mit dem Anblick eines sturmdrohenden Himmels, machten mir diese

Kanonenschüsse Angst. Es war gar kein Zweifel, daß sie Notsignale eines im Kentern begriffenen Schiffes waren. Eine halbe Stunde später hörten wir nicht mehr schießen, und diese Stille erschien mir noch fürchterlicher als das Unglück verkündende Getöse, das ihr voranging.

un eilten wir vorwärts, ohne ein Wort zu sprechen, weil wir uns unsere Befürchtungen nicht mitzuteilen wagten. Gegen Mitternacht langten wir schweißtriefend an der Küste im Goldstaubgebiet an. Die Wogen brachen sich mit schrecklichem Toben und überschwemmten Felsen und Sand des Ufers mit blendend weißem Schaum und mit Feuerfunken. Trotz der Finsternis unterschieden wir bei diesem phosphoreszierenden Leuchten die Nachen der Fischer, die man weit zurück auf den Sand gezogen hatte.

In einiger Entfernung von dort sahen wir am Eingang des Waldes ein Feuer, um das sich mehrere Einwohner versammelt hatten. Dorthin gingen wir, um uns auszuruhen und den Tag zu erwarten. Während wir am Feuer saßen, erzählte uns einer der Einwohner, er habe nachmittags ein Schiff auf offener See gesehen, das durch die Strömung gegen die Insel getrieben worden sei; die Nacht habe es seinen Blicken entzogen. Zwei Stunden nach Sonnenuntergang habe er Notschüsse gehört, aber die See sei so stürmisch gewesen, daß man keinen Nachen habe aussetzen können, um zu dem Schiff hinzugelangen. Bald darauf habe er zu bemerken geglaubt, daß die Schiffslaternen angezündet würden. Sei dies der Fall gewesen, so fürchte er, daß das Schiff dem Ufer zu nahe gekommen und zwischen die Küste und die kleine Insel Ambra geraten sei, indem es diese für den Richtkeil gehalten hätte, an dem die Schiffe, die bei Port-Louis landen, vorbeifahren. Verhielte sich das alles so (was er aber gar nicht behaupten wolle), so befände sich das Schiff in höchster Gefahr. Ein anderer Einwohner nahm das Wort und sagte zu uns, er hätte den Kanal, der die Insel Ambra vom Festland trennt, schon öfters durchsteuert, er hätte ihn mit dem Senkblei untersucht und den Ankergrund sehr gut befunden; das Schiff wäre also dort in vollkommener Sicherheit, wie in dem besten Hafen.

„Ich wollte ihm“, setzte er hinzu, „mein ganzes Vermögen anvertrauen und darauf so ruhig schlafen wie auf dem Land.“

Ein dritter Einwohner sagte, das Schiff könnte unmöglich in diesen Kanal eingelaufen sein, da ihn kaum Schaluppen zu passieren vermöchten. Er versicherte, er habe es jenseits der Insel Ambra ankern sehen, so daß es, wenn der Wind sich am Morgen erheben sollte, imstande sein würde, die hohe See zu gewinnen oder in den Hafen einzulaufen. Andere Einwohner brachten andere Meinungen vor. Während sie noch so, nach Art müßiger Kreolen, miteinander stritten, versanken wir, Paul und ich, in tiefes Stillschweigen. Wir blieben dort, bis der Tag zu dämmern begann; aber der Himmel hellte sich zu wenig auf, als daß man irgendeinen Gegenstand auf dem Meer hätte erblicken können, das überdies ganz von Nebel bedeckt war. Wir erkannten in der Ferne nur undeutlich ein düsteres Gewölk, von dem man uns sagte, es sei die Insel Ambra, die eine Viertelmeile vor der Küste liegt. Man sah bei diesem verfinsterten Tageslicht nichts als die auslaufende Spitze des Ufers, an dem wir uns befanden, und einige Berggipfel im Inneren der Insel, die von Zeit zu Zeit aus den sie umhüllenden Wolken hervortraten.

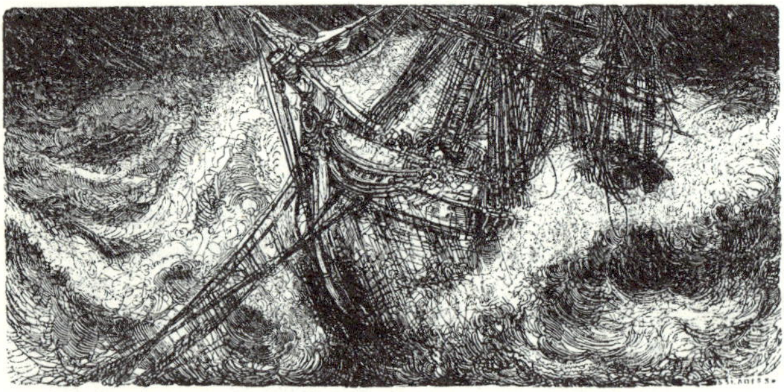

Gegen sieben Uhr morgens vernahmen wir im Wald den Lärm von Trommeln. Es war M. de la Bourdonnais, der zu Pferd mit einer Abteilung bewaffneter Soldaten und einer großen Zahl von Einwohnern und Schwarzen herbeikam. Er stellte seine Soldaten an der Küste auf und ließ sie alle zugleich Feuer geben. Kaum war dies geschehen, so bemerkten wir auf dem Meer einen flüchtigen Schein, dem fast gleichzeitig ein Kanonenschuß folgte. Wir schlossen daraus, daß das Schiff in geringer Entfernung von uns sei, und eilten alle nach der Gegend hin, wo wir das Signal gesehen hatten. Nun sahen wir durch den Nebel den Rumpf und die Masten eines großen Schiffes. Wir waren ihm so nahe, daß wir, trotz des Tobens der Wellen, die Pfeife des Bootsmannes, der die Arbeit kommandierte, und das Geschrei der Matrosen vernahmen, die dreimal: „Es lebe der König!“ riefen. Dies ist bei den Franzosen der Ruf in der äußersten Gefahr wie bei der größten Freude; gleich als ob sie in der Not ihren Herrscher zu Hilfe rufen oder damit bezeugen wollten, daß sie bereit seien, für ihn zu sterben.

Von dem Augenblick an, als die „St-Géran“ bemerkte, daß wir bereitstanden, ihr zu Hilfe zu kommen, feuerte sie unaufhörlich alle drei Minuten

Schüsse ab. M. de la Bourdonnais ließ auf dem Ufersand in Abständen große Feuer anzünden und schickte seine Männer zu allen Einwohnern der Nachbarschaft, um Lebensmittel, Bohlenbretter, Taue und leere Tonnen zu holen. Bald sah man viele der Nachbarn, begleitet von ihren mit Mundvorrat und Tauwerk beladenen Schwarzen, von den Besitzungen des Goldstaub-, des Sumpf- und des Wallflußgebietes herbeikommen. Einer der ältesten Einwohner trat zum Gouverneur und sagte zu ihm:

„Herr Gouverneur, man hat die ganze Nacht hindurch ein dumpfes Getöse in den Bergen gehört. In den Wäldern bewegen sich die Blätter der Bäume, ohne daß der Wind geht. Die Seevögel flüchten sich auf das Land: Sicherlich künden alle diese Zeichen einen großen Sturm an."

„Nun, gut, meine Freunde", erwiderte der Gouverneur, „wir sind darauf vorbereitet, und das Schiff ist es gewiß auch."

Und in der Tat: Alles deutete auf den nahen Ausbruch eines Orkans hin. Die Wolken, die man am Himmel unterscheiden konnte, waren in der Mitte von einer schrecklichen Schwärze und an den Rändern kupferfarben. Die Luft hallte wider von dem Geschrei der Sturmvögel, der Fregatten, der Scherenschnäbel und einer unzähligen Menge von Seevögeln aller Art, die, ungeachtet der Dunkelheit der Atmosphäre, von allen Seiten des Horizontes herbeiflogen und einen Zufluchtsort auf der Insel suchten.

Gegen neun Uhr morgens vernahm man von der See her ein entsetzliches Getöse, wie wenn Wasserströme unter Donnerschlägen vom Gipfel der Berge herabstürzten. Alles schrie: „Der Orkan ist da!" und in dem Augenblick riß ein furchtbarer Wirbelwind den Nebel, der die Insel Ambra und ihren Kanal verhüllte, hinweg. Da zeigte sich vor aller Augen die „St-Géran" mit ihrem von Menschen angefüllten Deck: Segelstangen und Masten auf das Oberdeck niedergelassen, die Flagge aufgezogen, vier Ankertaue am Bug und eins als Rückhalt am Heck. Das Schiff hatte zwischen der Insel Ambra und dem Strand geankert, diesseits des Gürtels von Riffen, der die Ile-de-France umgibt und den es an einer Stelle, die noch niemals ein Schiff passiert hatte, übersprungen hatte. Es hielt seinen Bug den Fluten entgegengerichtet, die vom offenen Meer herkamen, und bei jeder Welle, die sich im Kanal fing, bäumte sich der ganze Vorderteil in die Höhe, so daß man den Kiel in der Luft schweben sah; bei derselben Bewegung aber tauchte das Heck tief unter und verschwand dem Blick bis zu den Aufbauten, als wenn es gesunken wäre. In dieser Lage, wo Wind und See das Schiff dem Land zutrieben, war es ihm gleicherweise unmöglich dahin zurückzugehen,

woher es gekommen war, wie die Taue zu kappen und auf den Strand zu treiben, von dem es durch eine Untiefe voller Klippen getrennt war. Jede Woge, die sich an der Küste brach, drang brüllend bis ans Ende der Buchten und warf dort Strandsteine mehr als fünfzig Fuß weit auf das Land; dann wieder zurückweichend, deckte sie einen großen Teil des Uferbettes auf, dessen Kiesel sie unter rauhem und furchtbarem Getöse mit sich fortrollte. Das vom Sturm empörte Meer schwoll mit jedem Augenblick mehr an, und der ganze Kanal zwischen dieser Insel und der Insel Ambra war nichts als eine ungeheure weiße Schaumfläche, von schwarzen und tiefen Wogen durchfurcht. Dieser Schaum türmte sich im Kessel der Buchten zu mehr als sechs Fuß Höhe, und der Wind, der seine Oberfläche wegfegte, trug ihn, über den steilen Abhang des Ufers, weiter als eine halbe Meile ins Land hinein. Nach seinen weißen und unzähligen Flocken, die in horizontaler Richtung bis an den Fuß der Berge gejagt wurden, hätte man glauben können, es komme ein Schneesturm von der See her. Der Horizont bot alle Anzeichen eines lange andauernden Sturmes dar; das Meer schien mit dem Himmel in eins verschmolzen. Unaufhörlich traten Wolken von schrecklicher Gestalt hervor und jagten mit der Schnelligkeit eines Vogels über unsere Köpfe hinweg, während andere unbeweglich wie große Felsenmassen schienen. Kein einziges blaues Fleckchen konnte man am Himmel sehen; ein gelber, bleicher Schein erhellte alle Gegenstände des Landes, des Meeres und des Himmels.

Durch das Schwanken des Schiffes geschah, was man fürchtete. Die vorderen Ankertaue rissen, und da es nur noch durch ein einziges gehalten wurde, so wurde es in halber Kabellänge vom Ufer an die Felsen geworfen. Ein Schrei des Schmerzes erscholl. Paul wollte sich ins Meer stürzen, aber ich hielt ihn am Arm fest.

„Mein Sohn“, sagte ich zu ihm, „willst du denn umkommen?“

„Ich muß ihr zu Hilfe“, rief er, „oder ich sterbe!“

Da die Verzweiflung ihm die Besinnung nahm, so banden wir ihm, Domingo und ich, um ihn retten zu können, ein langes Seil um den Leib, dessen anderes Ende wir festhielten. Paul strebte der „St-Géran“ zu, bald schwimmend, bald auf den Riffen laufend. Bisweilen hatte er Hoffnung, sie zu erreichen; denn das Meer ließ bei seinen unregelmäßigen Bewegungen das Schiff fast auf dem Trockenen zurück, so daß man den Weg zu ihm hätte zu Fuß machen können. Indem es aber bald darauf mit erneuter Wut zurückkam, bedeckte es das Schiff mit ungeheuren Wasserwogen, die den ganzen Vorderteil seines Kiels in die Höhe hoben und den unglücklichen Paul, mit blutenden Beinen, gequetschter Brust und halb ertrunken weit auf das Ufer zurückwarfen. Aber kaum war er wieder zu Bewußtsein gekommen, sprang er auf und kehrte mit neuem Eifer zum Schiff zurück, das indessen infolge der furchtbaren Stöße des Meers zu bersten begann. Die ganze Mannschaft des Schiffes zweifelte jetzt an ihrer Rettung, stürzte sich ins Meer und griff nach

Segelstangen, Planken, Hühnerkäfigen, Tischen und Tonnen, um sich zu retten. Da sah man eine Erscheinung, die ewiges Mitleid verdient; ein junges Mädchen auf der Galerie des Hecks der „St-Géran“, die Arme ausstreckend nach demjenigen, der alle seine Kräfte anstrengte, zu ihr zu gelangen. Es war Virginie. Sie hatte den Geliebten an seiner Unerschrockenheit erkannt. Der Anblick dieser liebenswürdigen Gestalt, die einer so furchtbaren Gefahr ausgesetzt war, erfüllte uns alle mit Schmerz und Verzweiflung. Virginie selbst zeigte eine feste und sichere Haltung und machte eine Bewegung mit der Hand gegen uns hin, als wollte sie uns ein ewiges Lebewohl sagen. Alle Matrosen hatten sich ins Meer gestürzt. Nur noch ein einziger war auf dem Deck zurückgeblieben; er war ganz nackt und muskulös wie ein Herkules. Ehrerbietig trat er zu Virginie heran; wir sahen, wie er sich auf die Knie vor ihr niederwarf und sich bemühte, ihr ebenfalls die Kleider auszuziehen; sie aber wies ihn mit Würde zurück und wandte den Blick von ihm weg. So laut sie konnten, riefen alle, die es mit ansahen:

„Rette sie! Rette sie! Verlaß sie nicht!“

In diesem Augenblick drängte sich ein Wasserberg

von entsetzlicher Größe zwischen die Insel Ambra und die Küste und wälzte sich brüllend auf das Schiff zu, das er mit seinen schwarzen Fluten und schäumenden Spitzen bedrohte. Bei diesem Anblick stürzte sich der Matrose allein ins Meer, und Virginie, die den unvermeidlichen Tod vor Augen sah, legte die eine Hand an ihre Kleider, die andere auf ihr Herz, und mit heiteren Augen nach oben blickend, schien sie ein Engel, der seinen Flug gen Himmel nimmt.

O fürchterlicher Tag! Alles wurde von der Woge verschlungen. Weithin auf das Land schleuderte sie viele der Zuschauer, die, von menschlicher Teilnahme getrieben, sich Virginie zu weit genähert hatten, sowie auch den Matrosen, der sie schwimmend hatte retten wollen. Eben erst einem fast sicheren Tod entronnen, kniete er auf dem Sand nieder und rief:

„O mein Gott! Du hast mir das Leben gerettet; aber von ganzem Herzen hätte ich es für jenes edle Fräulein hingegeben, das sich nicht entkleiden wollte wie ich."

Domingo und ich zogen den unglücklichen Paul bewußtlos und aus Mund und Ohren blutend aus den Wellen. Der Gouverneur ließ ihn den Wundärzten übergeben, während wir am Strand nachsahen, ob das

Meer den Körper Virginies heranspülen würde. Da sich aber der Wind plötzlich gedreht hatte, wie das bei Orkanen oft der Fall ist, so erregte uns der Gedanke Schmerz, daß wir diesem unglücklichen Mädchen nicht einmal die Pflichten der Bestattung würden erweisen können. Niedergedrückt von Traurigkeit, entfernten wir uns von dem Ort. Alle waren wie von einem einzigen Verlust ergriffen bei einem Schiffbruch, in dem doch so viele Menschen umgekommen waren, ja die meisten zweifelten nach dem traurigen Ende eines so tugendhaften Mädchens an der Existenz einer Vorsehung; denn es gibt so furchtbare und so unverdiente Leiden, daß selbst die Zuversicht des Weisen davon erschüttert wird.

Mittlerweile hatte man Paul, der allmählich wieder zur Besinnung kam, in ein nahes Haus gebracht, bis er in dem Zustand wäre, daß man ihn nach Hause schaffen könnte. Ich selbst ging mit Domingo dorthin, um die Mutter Virginies und deren Freundin auf die unselige Nachricht vorzubereiten. Als wir am Eingang ins Tal des Latanienflusses waren, begegneten wir Schwarzen, die uns sagten, daß das Meer in der gegenüberliegenden Bucht viele Trümmer des Schif-

fes auswerfe. Wir eilten sogleich hinab, und beinahe das erste, was ich am Ufer bemerkte, war der Leichnam Virginies. Sie lag, halb vom Sand verdeckt, in derselben Stellung da, in der wir sie hatten umkommen sehen. Ihre Züge waren nur unmerklich verändert. Ihre Augen waren geschlossen, aber noch ruhte die Heiterkeit auf ihrer Stirn, und nur auf ihren Wangen vermischten sich die blassen Veilchen des Todes mit den Rosen der Scham. Eine ihrer Hände lag auf ihrem Kleid; die andere, die sie gegen ihr Herz gedrückt hielt, war fest geschlossen und erstarrt. Nur mit Mühe zog ich eine kleine Kapsel heraus. Wie groß war mein Erstaunen, als ich sah, daß es Pauls Bildnis war, das sie zeitlebens nie von sich zu lassen ihm einst versprochen hatte. Bei diesem letzten Beweis der Treue und Liebe dieses unglücklichen Mädchens mußte ich bitterlich weinen. Domingo schlug sich an die Brust und zerriß die Luft mit seinem Klagegeschrei. Wir trugen den Körper Virginies in eine Fischerhütte und übergaben ihn der Obhut armer malabarischer Frauen, welche die Aufgabe übernahmen, ihn zu waschen.

Während sie dem traurigen Dienst nachkamen, stiegen wir schnell zur Pflanzung empor. Wir fanden dort Mme de la Tour und Marguerite, die im Gebet auf Nachrichten über das Schiff warteten. Sobald Mme de la Tour mich sah, schrie sie auf:

„Wo ist meine Tochter, meine geliebte Tochter, mein Kind!“

Da sie nach meinem Stillschweigen und meinen Tränen nicht mehr an ihrem Unglück zweifeln konnte, wurde sie plötzlich von krampfhaften Beklemmungen

ergriffen; man hörte sie nur noch seufzen und schluchzen. Auch Marguerite rief:

„Wo ist mein Sohn? Ich sehe meinen Sohn ja nicht!"

Sie wurde ohnmächtig. Wir eilten ihr zu Hilfe, und nachdem wir sie wieder zu sich gebracht hatten, versicherte ich ihr, daß Paul am Leben sei und der Gouverneur Sorge für ihn trage. Kaum hatte sie sich ein wenig gefaßt, so kümmerte sie sich um ihre arme Freundin, die von Zeit zu Zeit in lang anhaltende Ohnmachten fiel. Unter diesen schrecklichen Anfällen brachte Mme de la Tour die ganze Nacht zu, und aus ihrer langen Dauer habe ich erkannt, daß kein Schmerz dem Schmerz einer Mutter gleichkommt. Wenn ihr Bewußtsein wiederkehrte, so wendete sie starr und vorwurfsvoll ihre Blicke gen Himmel. Vergebens drückten wir, ihre Freundin und ich, ihr die Hände; vergebens nannten wir sie bei den zärtlichsten Namen: Sie schien unempfindlich für diese Zeichen unserer alten Freundschaft, und ihrem gequälten Inneren entstiegen nur dumpfe Seufzer.

Am frühen Morgen brachte man Paul auf einem Tragbett herbei; den Gebrauch seiner Sinne hatte er wiedergewonnen, aber er konnte nicht ein Wort hervorbringen. Seine Zusammenkunft mit seiner Mutter und Mme de la Tour, vor der mir anfangs bange war, brachte eine bessere Wirkung hervor als alle Sorgfalt, die ich ihm bisher hatte angedeihen lassen. Ein Strahl von Trost zeigte sich auf dem Gesicht der beiden unglücklichen Mütter. Sie setzten sich beide neben ihn, schlossen ihn in ihre Arme, küßten ihn; und ihre Tränen, die bis jetzt von dem Übermaß ihres Schmerzes zurückgehalten worden waren, begannen zu fließen. Auch Paul begann zu weinen. Nachdem sich solcherweise die Natur bei allen dreien Erleichterung verschafft hatte, folgte eine lange Erschlaffung auf den krampfhaften Zustand ihres Schmerzes und verschaffte ihnen eine lethargische, man kann wohl sagen, todähnliche Ruhe.

M. de la Bourdonnais hatte mich insgeheim benachrichtigen lassen, daß die Leiche Virginies auf seine Anordnung hin zur Stadt geschafft worden sei, von wo man sie zur Kirche der Pampelmusen bringen wolle. Sogleich begab ich mich nach Port-Louis hinab, wo ich Einwohner aus allen Teilen der Insel versammelt fand, um der Bestattung Virginies beizuwohnen, gleich als ob die Insel in ihr all ihr Teuerstes verloren hätte. Die Schiffe im Hafen hatten ihre Rahen gekreuzt, ihre Flaggen aufgezogen und feuerten in langen Abständen die Kanonen ab. Grenadiere eröffneten den Zug. Sie trugen ihre Flinten zur Erde gesenkt. Ihre Trommeln, mit langem schwarzem Flor verhüllt, ließen nur gedämpfte Laute vernehmen, und man sah Trauer auf den Gesichtern dieser Krieger, die so manches Mal dem Tod in der Schlacht furchtlos die Stirn geboten hatten. Acht junge Mädchen aus den angesehensten Familien der Insel, in weißen Kleidern und mit Palmenzweigen in den Händen, trugen die mit Blumen bedeckte Leiche ihrer tugendhaften Freundin. Ein Chor von Kindern folgte, die Hymnen sangen. Nach diesen kam, was es an angesehenen Einwohnern auf der Insel sowie im Generalstab gab, in dessen Reihen der Gouverneur einherschritt; eine große Volksmenge beschloß den Zug.

Dies war die Feierlichkeit, welche die Behörde angeordnet hatte, um der Tugend Virginies einige Ehre zu erweisen. Als man aber mit der Leiche am Fuß dieses Berges angelangt war und jene Hütten erblickte, deren Glück sie so lange gewesen, und die nun ihr Tod mit Verzweiflung erfüllte, geriet der ganze Trauerzug in Unordnung. Die Hymnen und Gesänge verstummten, man hörte auf der ganzen Ebene nur Seufzen und Schluchzen. Aus den benachbarten Wohnungen sah man Scharen junger Mädchen herbeieilen, um mit Kopftüchern, mit Rosenkränzen und Blumengebinden den Sarg Virginies zu berühren, indem sie sie wie eine Heilige anriefen. Die Mütter baten Gott um eine Tochter wie sie; die jungen Männer um eine ebenso treue Geliebte; die Armen um eine ebenso wohlwollende Freundin; die Sklaven um eine gleich gute Herrin.

Als man auf dem Begräbnisplatz angekommen war, stellten Negerinnen von Madagaskar und Kaffernfrauen von Mozambique Körbe mit Früchten um die Leiche auf und hingen nach der Sitte ihres Landes Stücke von Stoff an die umstehenden Bäume. Inderinnen aus Bengalen und von der malabarischen Küste brachten Käfige herbei mit Vögeln, denen sie an ihrem Sarg die Freiheit schenkten. So große Teilnahme erweckt der Verlust eines liebenswürdigen Wesens bei allen Völkern! Und so groß ist die Macht der unglücklichen Tugend, da sie alle Religionen um ihren Grabeshügel vereint!

Man mußte Wachen neben das offene Grab stellen und einige Töchter armer Einwohner davon entfernen, die sich mit aller Gewalt hineinstürzen wollten, weil, wie sie sagten, sie keinen Trost mehr auf der Welt zu hoffen hätten und ihnen nichts übrigbliebe, als mit derjenigen, die ihre einzige Wohltäterin gewesen sei, zu sterben.

Man beerdigte sie neben der Kirche der Pampelmusen, auf der westlichen Seite, unter einem Bambusgebüsch, wo sie, wenn sie mit ihrer Mutter und Marguerite zur Messe ging, so gern an der Seite dessen ausgeruht hatte, den sie damals ihren Bruder nannte.

Auf dem Rückweg von der Bestattungsfeier kam M. de la Bourdonnais mit einem Teil seines zahlreichen Gefolges hier herauf. Er bot Mme de la Tour und ihrer Freundin alle Hilfe an, die in seinen Kräften stehe. In wenigen Worten, aber mit Entrüstung, sprach er sich über ihre unmenschliche Tante aus; dann trat er an Paul heran und sagte ihm, was er zu seinem Trost für geeignet hielt.

„Ich wollte", sagte er, „Ihr und Ihrer Familie Glück: Gott ist mein Zeuge. Lieber Freund, Sie müssen nach Frankreich; ich werde Ihnen dort eine Anstellung verschaffen. Für Ihre Mutter werde ich in Ihrer Abwesenheit sorgen wie für meine eigene."

Und dabei reichte er ihm die Hand hin. Aber Paul zog die seine zurück und wandte den Kopf ab, um ihn nicht zu sehen.

Ich selbst blieb in der Hütte meiner unglücklichen Freundinnen, um ihnen und Paul alle die Hilfe zu gewähren, deren ich fähig war. Paul konnte am Ende von drei Wochen wieder gehen; aber sein Gram schien sich in dem Maß zu verstärken, wie sein Körper an Kräften zunahm. Er war unempfindlich gegen alles; seine Blicke waren erloschen, und er erwiderte kein Wort auf alle Fragen, die man an ihn richtete. Mme de la Tour, die in Todesängsten war, sagte oftmals zu ihm:

„Mein Sohn, solange ich dich noch sehe, werde ich glauben, meine teure Virginie zu sehen."

Bei dem Namen Virginie schauerte er und entfernte sich, ungeachtet des Zuspruchs seiner Mutter, die ihn bat, bei ihrer Freundin zu bleiben. Er zog sich einsam in den Garten zurück und setzte sich unter Virginies Kokosbaum, die Augen starr auf ihren Brunnen gerichtet. Der Arzt des Gouverneurs, der sich seiner wie der beiden Frauen mit der größten Sorgfalt annahm, sagte uns, daß wir ihn, um ihn seiner düsteren Schwermut zu entziehen, durchaus alles tun lassen müßten, was ihm beliebte, ohne ihm in irgend etwas hinderlich zu sein; dies sei das einzige Mittel, das Schweigen, in dem er unverbrüchlich verharrte, zu überwinden.

Jch beschloß, seinen Rat zu befolgen. Sobald Paul seine Kräfte wieder ein wenig hergestellt fühlte, war der erste Gebrauch, den er davon machte, daß er sich von der Wohnung entfernte. Da ich ihn nie aus den Augen verlor, ging ich ihm nach und befahl Domingo, Lebensmittel zu holen und uns zu begleiten. Wie er weiter und weiter den Berg hinabstieg, schienen seine Munterkeit und seine Kräfte neu aufzuleben. Er schlug zuerst den Weg zu den Pampelmusen ein, und als er, nahe der Kirche, in der Bambusallee war, ging er gerade auf die Stelle zu, wo er frisch aufgeworfene Erde sah. Dort kniete er nieder und verrichtete mit gen Himmel erhobenen Augen ein langes Gebet. Sein Benehmen schien mir von guter Vorbedeutung für die Rückkehr seiner Vernunft zu sein, weil dieses Zeichen von Vertrauen zu dem höchsten Wesen erkennen ließ, daß seine Seele wieder ihre natürlichen Aufgaben zu verrichten begann. Domingo und ich ließen uns nach seinem Beispiel ebenfalls auf die Knie nieder und stimmten in sein Gebet ein. Endlich erhob er sich und nahm, ohne weiter viel auf uns zu achten, seinen Weg nach dem Norden der Insel. Da mir wohlbekannt war, daß er nicht nur nicht wußte, wo man den Körper Virginies hingelegt hatte, sondern nicht einmal, ob er überhaupt dem Meer entrissen sei, so fragte ich ihn, warum er unter diesem Bambus zu Gott gebetet hätte. Er antwortete:

„Wir sind so oft miteinander dort gewesen!“

Er schritt immer weiter bis zum Eingang des Waldes, wo die Nacht uns überraschte. Dort bewog ich ihn durch mein Beispiel, einige Nahrung zu sich zu nehmen; dann legten wir uns unter einem Baum

auf die Wiese zum Schlaf nieder. Am anderen Tag, glaubte ich, würde er sich entschließen, wieder umzukehren. Wirklich betrachtete er in der Ebene eine Zeitlang die Kirche der Pampelmusen mit ihren langen Bambusalleen und machte einige Bewegungen, wie um dahin zurückzukehren; plötzlich aber schritt er in die Tiefe des Waldes hinein, immer in Richtung nach Norden. Ich durchschaute seine Absicht und bemühte mich vergebens, ihn davon abzuhalten. Gegen Mittag langten wir im Goldstaubgebiet an. Hastig stieg er zum Ufer des Meeres hinab, dem Ort gegenüber, wo die „St-Géran“ gesunken war. Als er die Insel Ambra und den Kanal erblickte, der nun glatt wie ein Spiegel dalag, rief er aus:

„Virginie! O meine teure Virginie!“

Sogleich fiel er in Ohnmacht. Domingo und ich trugen ihn in den Wald hinein, wo wir ihn mit vieler Mühe wieder zu sich brachten. Sobald er seiner Sinne wieder mächtig war, wollte er an den Strand zurückkehren; da wir ihn aber dringend baten, seinen und unseren Schmerz nicht wieder durch so schreckliche Erinnerungen zu erneuern, schlug er eine andere Richtung ein. Kurz, während acht Tagen besuchte er alle die Orte, wo er einst mit der Gefährtin seiner Kindheit verweilt hatte. Er verfolgte den Weg, den sie gegangen war, um für die Sklavin vom Schwarzen Fluß um Gnade zu bitten; dann besuchte er die Ufer des Flusses der „Drei Brüste“, wo sie, unfähig weiterzugehen, sich niedergesetzt hatte, und den Teil des Waldes, wo sie sich verirrt hatten. Alle Stellen, die ihn an die Sorgen, die Spiele, die Mahlzeiten, die Wohltätigkeit seiner geliebten Freundin erinnerten: der Fluß des Langen Gebirges, meine kleine Behausung, der nahe Wasserfall, der Melonenbaum, den sie gepflanzt hatte, die

Rasenplätze, wo sie so oft herumgesprungen, die Kreuzwege im Wald, wo sie so gern sang, alle der Reihe nach bewegten ihn zu Tränen, und dieselben Echos, die so oft von ihren gemeinschaftlichen Freuderufen widergehallt hatten, gaben jetzt nur die schmerzvollen Worte: „Virginie, o meine teure Virginie!" zurück.

Bei diesem wilden und herumschweifenden Leben wurden seine Augen tiefliegend, seine Hautfarbe gelblich und seine Gesundheit immer schwankender. In der Überzeugung, daß sich unsere Leiden durch die Erinnerung an unsere frohen Tage verdoppeln und daß die Leidenschaften in der Einsamkeit an Stärke zunehmen, beschloß ich, meinen unglücklichen jungen Freund von den Orten zu entfernen, die ihm seinen Verlust immer neu ins Gedächtnis zurückriefen, und ihn in irgendeine andere Gegend der Insel zu bringen, wo er hinreichende Zerstreuung fände. Zu diesem Zweck führte ich ihn auf die bewohnten Anhöhen des Williamsgebietes, wo er noch nie gewesen war. Landbau und Handel verbreiteten in diesem Teil der Insel viel Regsamkeit und Abwechslung. Es gab dort sehr viele Zimmerleute, die Baumstämme zurichteten, andere, die sie zu Brettern und Bohlen sägten; Kutschen fuhren ab und zu auf der Landstraße; zahlreiche Herden von Pferden und Rindern weideten auf den ausgedehnten Weideplätzen, und die Flur war mit Häusern wie besät. Die Erhöhung des Bodens gestattete dort an mehreren Stellen den Anbau verschiedener Arten europäischer Gewächse. Man sah hier und da Kornfelder auf der Ebene, Teppiche von Erdbeerpflanzen auf den freien Plätzen im Wald und Rosenhecken an den Wegen. Die Frische der Luft selbst, die den Nerven Spannung verlieh, war der Gesundheit der Weißen zuträglich. Von jenen Höhen aus, die nach der Mitte der Insel zu lagen und von großen Waldungen umgeben waren, konnte man weder das Meer noch Port-Louis, noch die Kirche der Pampelmusen, noch irgend etwas erblicken, was Paul an Virginie erinnern konnte. Selbst die Berge, die sich im Gebiet von Port-Louis in verschiedene Züge teilen, bilden in der Gegend der Ebenen von Williams nur ein langes Vorgebirge, das sich in gerader Linie hinzieht und senkrecht abschneidet, überragt von mehreren hohen Felsenpyramiden, um die sich die Wolken sammeln.

Auf diese Ebenen führte ich Paul. Ich hielt ihn unaufhörlich in Bewegung, wanderte mit ihm in Sonnenschein und Regen, bei Tag und bei Nacht, und führte ihn oftmals in den Wäldern, auf den frisch umbrochenen Äckern, in den Feldern absichtlich irre, um seinen Geist durch die körperliche Ermüdung zu zerstreuen und seinen Gedanken durch die Fremdheit des Ortes, wo wir uns befanden, und das Verlieren des rechten Weges eine andere Richtung zu geben. Aber die Seele eines Liebenden findet überall die Spuren des geliebten Gegenstandes. Die Nacht wie der Tag, die Ruhe der Einöden wie das Geräusch bewohnter Gegenden, ja die Zeit selbst, die doch so viele Erinnerungen hinwegwischt, nichts ist imstande, ihn davon zu scheiden. Gleich der vom Magnet berührten Nadel kann seine Seele hin- und herbewegt werden; sobald sie aber wieder zur Ruhe kommt, kehrt sie sich dem Pol zu, der sie anzieht. Wenn wir uns mitten in den Ebenen von Williams verirrt hatten und ich Paul fragte: „Wo sollen wir uns nun hinwenden?“ so zeigte er gegen Norden und sagte zu mir:

„Da liegen unsere Berge; laßt uns dorthin zurückkehren.“

Ich sah, daß alle Mittel, die ich versuchte, um ihn zu zerstreuen, vergeblich waren und daß mir kein anderer Ausweg übrigblieb, als seine Leidenschaft in der Wurzel anzugreifen und dabei alle Kräfte meiner Vernunft, so schwach sie auch sein mochten, anzustrengen. Ich antwortete ihm also:

„Ja, dort liegen die Berge, wo deine teure Virginie weilte, und hier ist das Bildnis, das du ihr einst gegeben und das sie sterbend auf ihrem Herzen trug, dessen letzte Schläge noch dir galten.“

Ich hielt Paul hierbei das kleine Bild vor, das er Virginie am Rand des Brunnens bei den Kokospalmen gegeben hatte. Bei diesem Anblick leuchtete eine wehmütige Freude in seinen Blicken auf. Begierig langte er mit seinen schwachen Händen danach und führte es zum Mund. Dann atmete er schwer, und in seinen mit Blut unterlaufenen Augen standen Tränen, die nicht zu fließen vermochten.

Ich setzte hinzu: „Mein Sohn, höre mich an, der ich dein Freund bin, der ich Virginies Freund war, und der ich in der Blüte deiner Hoffnungen mich so oft bemüht habe, deine Vernunft gegen die unvorhergesehenen Zufälle des Lebens zu festigen. Was beweinst du mit so bitterem Schmerz, dein eigenes Unglück oder das Virginies?

Dein Unglück? Ja, ohne Zweifel es ist groß. Du hast das liebenswürdigste aller Mädchen verloren, das die würdigste der Ehefrauen geworden wäre. Sie hatte ihre Ansprüche den deinen geopfert und dich dem Glück vorgezogen, als die einzige Belohnung ihrer Tugend. Weißt du aber, ob sie, von der du ein so reines Glück zu erwarten hattest, nicht für dich die Quelle unendlicher Leiden geworden wäre? Sie war ohne Vermögen und enterbt; du hattest fortan nichts mit ihr zu teilen, als was du durch deiner Hände Arbeit erwarbst. Sie war durch ihre Erziehung empfindlicher und durch ihr Unglück selbst mutiger geworden, und so hättest du sie jeden Tag unter der Anstrengung, dir deine Beschwerden tragen zu helfen, erliegen sehen. Hätte sie dir Kinder geboren, so wären deine und ihre Leiden noch vermehrt worden durch die Schwierigkeit, allein mit dir zwei greise Mütter und eine anwachsende Familie zu ernähren.

Du wirst einwenden: Der Gouverneur hätte uns unterstützt. Weißt du denn, ob du in einer Kolonie, die so oft ihre Vorgesetzten wechselt, immer einen de la Bourdonnais haben wirst? Ob nicht einmal ein unsittlicher und gewissenloser Befehlshaber kommen wird? Ob nicht dann, um irgendeine kärgliche Unterstützung zu erlangen, deine Gattin genötigt sein würde, ihm ihre Aufwartung zu machen? Entweder wäre sie schwach, und dann würdest du nur zu beklagen sein; oder sie wäre sittsam, dann würdet ihr arm bleiben, ja du hättest noch von Glück zu sagen, wenn du wegen der Schönheit und Tugend deiner Frau nicht noch verfolgt würdest von dem, dessen Schutz du erwartest!

Ich hätte, wirst du sagen, immer noch das von allen äußeren Umständen unabhängige Glück gehabt, die Geliebte, die sich immer inniger anschmiegt, je mehr sie sich ihrer eigenen Schwäche bewußt ist, zu beschützen, sie durch meine eigenen Sorgen zu trösten, durch meine Traurigkeit darüber zu erfreuen und unsere Liebe durch unsere gegenseitigen Leiden zu steigern. Ohne Zweifel erfreuen sich Tugend und Liebe dieses bittersüßen Glückes; aber sie ist nicht mehr, und es bleibe dir nur noch das, was sie nach dir am innigsten liebte: ihre und deine Mutter, die dein untröstlicher Gram an den Rand des Grabes führen wird. Suche dein Glück darin, ihnen beizustehen, wie sie selbst es getan hat. Wohlzutun, mein Sohn, ist die Glückseligkeit der Tugend; es gibt keine sicherere und keine größere auf Erden. Weitgehende Pläne zu Vergnügen, zur Ruhe, zu Genüssen, zu Reichtum und Ruhm ziemen sich nicht für den gebrechlichen, unsteten und vergänglichen Menschen. Sieh, wie ein Schritt um Glücksgüter willen uns alle von Abgrund zu Abgrund geführt hat! Du hast dich dem widersetzt, das ist wahr; aber wer hätte nicht glauben sollen, daß die Reise Virginies zu ihrem und deinem Vorteil ausschlagen müßte? Die Einladungen einer reichen und bejahrten Verwandten, die Ratschläge eines welterfahrenen Gouverneurs, die Zustimmung einer ganzen Kolonie, die Ermahnungen und das Ansehen eines Priesters haben über Virginies Unglück entschieden. So rennen wir in unser Verderben, getäuscht durch die Klugheit derer, die uns zu unserem Vorteil lenken wollen. Es wäre ohne Zweifel besser gewesen, ihnen nicht zu glauben und sich nicht zu verlassen auf die Stimme und die Hoffnungen einer trügerischen Welt. Aber recht betrachtet: Wo gibt es von so vielen Menschen, die wir in diesen Ebenen beschäftigt sehen, von so vielen anderen, die in Indien ihr Glück suchen oder die, ohne die Heimat zu verlassen, in Europa die Früchte der Arbeiten dieser hier in Ruhe genießen, irgendeinen, dem nicht das Schicksal einst das, was er am meisten liebt, entrisse: hohe Stellung, Reichtum, Frau, Kinder und Freunde? Und die meisten werden bei ihrem Verlust auch noch das Bewußtsein ihrer Unklugheit haben.

Was dich betrifft, so hast du dir, wenn du dein Inneres prüfst, nichts vorzuwerfen; denn du bist deinen Worten treu geblieben. Du hast in der Blüte deiner Jugend die Klugheit eines Weisen gezeigt und dich nicht vom Weg der Natur entfernt. Deine Absichten allein waren rechtmäßig, denn sie waren rein, einfach, uneigennützig, und auf Virginie hattest du die heiligsten Rechte, die kein äußerer Glückszustand aufwiegen kann. Du hast sie verloren, aber weder durch deine Unbesonnenheit noch durch Habsucht, noch durch falsche Berechnung, sondern durch Gott selbst, der es zugelassen hat, daß die Leidenschaften anderer dich des Gegenstands deiner Liebe beraubten; durch Gott, von dem du alles hast, der alles voraussieht, was dir nützen kann, und dessen Weisheit dir keinen Grund zur Reue und Verzweiflung läßt, die selbstverschuldeten Leiden stets auf dem Fuße folgen.

In deinem Unglück kannst du dir sagen: ‚Ich habe es nicht verdient.' Was beweinst du also? Das Unglück Virginies, ihr Ende, ihren gegenwärtigen Zustand? Sie sind nur dem Schicksal anheimgefallen, das hoher Geburt, der Schönheit, ja selbst großen Reichen beschieden ist. Das Leben des Menschen mit all seinen Plänen erhebt sich wie ein kleiner Turm, dessen Zinne der Tod ist. Indem Virginie geboren wurde, war sie schon zu sterben verurteilt. Wie glücklich, daß sie die Bande des Lebens noch vor ihrer Mutter, vor der deinigen, ja selbst vor dir gelöst hat: das heißt, daß sie nicht mehrmals gestorben ist vor dem letzten Mal!

er Tod, mein Sohn, ist eine Wohltat für alle Menschen; er ist die Nacht zu dem Tag, den man Leben nennt. In dem Schlaf des Todes ruhen für immer die Krankheiten, die Schmerzen, der Kummer, die Befürchtungen, welche die unglücklichen Lebenden unaufhörlich beunruhigen. Prüfe die Menschen, welche die glücklichsten zu sein scheinen, und du wirst finden, daß sie ihr vorgebliches Glück sehr teuer erkauft haben, öffentliches Ansehen mit häuslichen Leiden; Reichtum mit dem Verlust ihrer Gesundheit; das so seltene Glück, geliebt zu werden, mit unaufhörlichen Opfern, und oft sehen sie am Schluß eines dem Nutzen anderer gewidmeten Lebens nur falsche Freunde und undankbare Verwandte um sich.

Virginie aber ist bis zum letzten Augenblick glücklich gewesen. Sie ist es bei uns gewesen durch die Segnungen der Natur, fern von uns durch die der Tugend; und selbst in dem furchtbaren Augenblick, als wir sie haben untergehen sehen, war sie noch glücklich. Denn, mochte sie ihre Augen auf die Einwohner einer ganzen Kolonie richten, die ihre Lage in allgemeine Trostlosigkeit versetzte, oder auf dich, der du ihr mit solcher Selbstvergessenheit zu Hilfe eiltest: Sie hat gesehen, wie teuer sie uns allen war. Sie hat sich gestärkt für das Kommende durch die Erinnerung an die Unschuld ihres Lebens und hat damals den Lohn empfangen, den der Himmel der Tugend vorbehält, einen Mut, der über alle Gefahr erhaben ist. Sie hat dem Tod ein heiteres Gesicht gezeigt.

Mein Sohn! Gott gibt der Tugend, alle Vorgänge im Leben zu tragen, um zu zeigen, daß sie allein wahren Gebrauch davon machen und Glück und Ruhm daraus schöpfen kann. Will er ihr einen glänzenden Ruhm zuteil werden lassen, so stellt er sie auf eine große Bühne und läßt sie mit dem Tod ringen; dann dient ihr Mut zum Vorbild, und die Erinnerung an ihre Leiden entlockt der Nachwelt für alle Zeit den Zoll der Tränen. Dieses unvergängliche Denkmal ist ihr auf einer Erde vergönnt, wo sonst alles vergeht und wo selbst das Andenken der meisten Könige halb in ewiger Vergessenheit begraben liegt.

Aber Virginies Dasein hat nicht aufgehört. Mein Sohn, sieh, wie alles auf der Erde sich nur verwandelt, aber nichts verlorengeht. Keine menschliche Kunst ist imstande, auch nur das kleinste Atom zu vernichten, und ein vernunftbegabtes, empfindungsfähiges, liebevolles, tugendhaftes, gottergebenes Wesen sollte untergehen, wenn die Elemente, aus denen es bestand, unzerstörbar sind? Oh, wenn Virginie bei uns glücklich gewesen ist, so ist sie es jetzt noch weit mehr! Es gibt einen Gott, mein Sohn! Die ganze Natur verkündigt ihn; ich habe nicht nötig, ihn dir erst zu beweisen. Nur die Schlechtigkeit der Menschen läßt sie eine ewige Gerechtigkeit leugnen, die sie fürchten. Wir empfinden ihn in unserem Herzen, wie seine Werke vor unseren Augen stehen. Glaubst du denn, daß er Virginie unbelohnt läßt? Glaubst du, daß dieselbe Macht, die diese so edle Seele mit einer so schönen Gestalt bekleidete, in der du eine göttliche Kunst ahnst, sie aus den Fluten nicht hätte erretten können? Daß der, welcher das zeitliche Glück der Menschen durch Gesetze geordnet hat, die du nicht kennst, Virginie nicht ein höheres bereiten könne nach Gesetzen, die dir ebenso unbekannt sind? Wenn wir zu denken fähig gewesen wären, als wir uns noch im Zustand des Nichts befanden: Hätten wir uns wohl unser jetziges Dasein vorstellen können? Und nun, da wir uns in diesem trüben und flüchtigen Dasein befinden, können wir wohl voraussehen, was jenseits des Todes stattfindet, durch den wir es verlassen müssen? Bedarf Gott wie der Mensch dieser kleinen Erdkugel, daß sie seiner Allweisheit und Güte als Schauplatz diene? Kann er das menschliche Leben nur im Reich des Todes fortpflanzen? Im ganzen großen Ozean ist nicht ein einziger Tropfen Wasser, der nicht voll lebender Wesen wäre, die auf uns Bezug haben, und es sollte nichts für uns vorhanden sein unter so vielen Gestirnen, die über unseren Häuptern dahinrollen? Höchste Einsicht und göttliche Güte sollte nur gerade da bestehen, wo wir sind? Und auf jenen unzähligen, strahlenden Weltkörpern, in jenen unendlichen Gefilden von Licht, die sie umgeben und die weder Stürme noch Nächte verdunkeln, sollte nur ein leerer Raum und ein ewiges Nichts sein? Wenn wir, die wir uns selbst nichts gegeben haben, uns unterfangen wollten, der ewigen Macht, von der wir alles erhalten haben, Grenzen zu stecken, so könnten wir glauben, daß wir uns hier an der Grenze ihrer Herrschaft befinden, wo das Leben mit dem Tod und die Unschuld mit der Tyrannei im Kampf liegen.

Sicherlich gibt es irgendwo eine Stätte, wo die Tugend ihren Lohn empfängt. Virginie ist jetzt glücklich. Wenn sie aus dem Aufenthaltsort der Engel sich dir mitteilen könnte, so würde sie dir wie bei ihrem Abschied sagen: ‚O Paul, das Leben ist nur eine Prüfung. Ich habe die Gebote der Natur, der Liebe und der Tugend treu erfüllt. Ich habe die Meere durchsteuert aus Gehorsam gegenüber meiner Familie. Ich habe dem Reichtum entsagt, um meine Treue nicht zu brechen; ich habe lieber das Leben hingegeben, als daß ich die Scham verletzte. Der Himmel hat meine Lebensbahn erfüllt gefunden. Ich bin jetzt auf ewig der Armut, der Verleumdung, den Stürmen, dem Anblick der Leiden anderer enthoben. Keins der Übel, welche die Menschen erschrecken, kann mich von nun an erreichen; und du beklagst mich? Ich bin rein und unveränderbar gleich einem Teilchen des Lichts, und du rufst mich in die Nacht des Lebens zurück? O Paul! Mein Freund! Gedenke jener Tage des Glücks, als wir vom frühen Morgen an die Wonne des Himmels genossen, die sich mit der Sonne auf die Gipfel jener Felsen erhob und sich mit ihren Strahlen im Schoß unserer Wälder verbreitete. Wir empfanden ein Entzücken, dessen Ursache wir nicht begreifen konnten. In unserer unschuldigen Begierde wünschten wir ganz Auge zu sein, um uns der reichen Farben der Morgenröte zu erfreuen; ganz Gehör, um die Konzerte unserer Vögel zu vernehmen; ganz Herz, um alle diese Wohltaten anzuerkennen. Jetzt, an der Quelle der Schönheit wohnend, von wo alles herfließt, was auf Erden reizend ist, sieht, empfindet, vernimmt und berührt meine Seele unmittelbar, was sie damals nur durch unvollkommene Werkzeuge wahrnehmen konnte. Ach, welche Sprache vermöchte jene Ufer eines ewigen Morgens zu beschreiben, den ich nun für immer bewohne? Alles, was eine unendliche Macht und himmlische Güte zum Trost für unglückliche Wesen hat schaffen können; alles, was die Liebe einer unendlichen Anzahl von Wesen, die sich derselben Glückseligkeit erfreuen, in der gemeinsamen Wonne zur Harmonie bringen kann, das empfinden wir ohne störende Beimischung. So halte denn die Prüfung aus, die dir auferlegt ist, um die Glückseligkeit deiner Virginie durch eine Liebe ohne Ende, durch eine Vermählungsfeier, deren Fackeln nie verlöschen können, zu vermehren. Hier werde ich deine Klagen stillen, hier werde ich deine Tränen trocknen. Oh, mein Freund, mein junger Gatte, erhebe deine Seele zum Unendlichen, um die Leiden eines Augenblicks zu ertragen!‘“

Meine eigene Rührung hinderte mich daran, weiterzusprechen. Paul aber blickte mich fest an und rief: „Sie ist nicht mehr! Sie ist nicht mehr!“

Und eine lange Ohnmacht folgte auf diese schmerzlichen Worte. Als er wieder zu sich gekommen war, sagte er:

„Weil der Tod ein Glück und Virginie glücklich ist, so will auch ich sterben, um mich mit Virginie zu vereinigen." So dienten also meine Trostworte nur dazu, seiner Verzweiflung Nahrung zu geben. Ich kam mir vor wie ein Mensch, der seinen Freund retten möchte, der mitten in einem Fluß zu Boden sinkt, ohne schwimmen zu wollen. Der Schmerz zog ihn ganz in seinen Abgrund hinab. Ach! Die Leiden der ersten Jugend bereiten den Menschen auf den Eintritt ins Leben vor, und Paul hatte solche niemals erfahren.

Ich führte ihn nach Hause zurück. Dort fand ich seine Mutter und Mme de la Tour in einem Zustand von Erschöpfung, der sich inzwischen sehr verschlimmert hatte. Marguerite war davon am meisten ergriffen. Die lebhaften Charaktere, an denen die leichteren

Sorgen abgleiten, können großem Kummer am wenigsten widerstehen.

Sie sagte zu mir: „O mein lieber Nachbar! Diese Nacht war es mir, als sähe ich Virginie, weiß gekleidet, in herrlichen Gärten wandeln. Sie sagte zu mir: ‚Ich genieße ein beneidenswertes Glück.‘ Darauf näherte sie sich Paul mit lächelnder Miene und zog ihn mit sich fort. Als ich mich bemühte, meinen Sohn zurückzuhalten, bemerkte ich, daß ich selbst vom Boden aufschwebte, und ich folgte ihm mit einem unaussprechlichen Entzücken. Hierauf wollte ich meiner Freundin Lebewohl sagen, und sogleich sah ich auch sie mit Marie und Domingo uns folgen. Das Seltsamste ist aber dabei, daß Mme de la Tour in derselben Nacht einen ganz ähnlichen Traum gehabt hat."

Ich antwortete ihr: „Liebe Freundin, ich glaube, daß nichts in der Welt ohne Gottes Einverständnis geschieht. Bisweilen verkünden Träume die Wahrheit."

Mme de la Tour erzählte mir nun einen durchaus ähnlichen Traum, den sie in derselben Nacht gehabt hatte. Niemals hatte ich bei beiden Frauen einen Hang zum Aberglauben wahrgenommen. Ich war also von der Übereinstimmung ihrer Träume betroffen und zweifelte bei mir selbst gar nicht mehr, daß sie sich verwirklichen würden. Jene Ansicht, daß sich uns die Wirklichkeit bisweilen im Schlaf darstellt, ist bei allen Völkern der Erde verbreitet. Die größten Männer des Altertums haben dieser Erscheinung Glauben geschenkt, unter anderen Alexander, Cäsar, die Scipionen, die beiden Catonen und Brutus, die doch alle keine schwachen Geister waren. Das Alte wie das Neue Testament liefern uns viele Beispiele von Träumen, die in Erfüllung gingen. Was mich betrifft, so brauche ich nur meine eigene Erfahrung zu fragen, und ich habe mehr als einmal gefunden, daß die Träume Fingerzeige einer höheren Einsicht sind, die sie uns gibt, weil sie Anteil an uns nimmt. Es ist allerdings etwas Unmögliches, Dinge, welche die Einsicht der menschlichen Vernunft übersteigen, mit Vernunftsgründen bestreiten oder verteidigen zu wollen. Wenn indessen die Vernunft des Menschen nur ein Ebenbild der göttlichen ist, da der Mensch auch die Kraft hat, seine Absichten durch geheime oder verborgene Mittel bis ans Ende der Welt gelangen zu lassen: Warum sollte die Einsicht, die das Weltall regiert, nicht ähnliche Mittel zu demselben Zweck anwenden? Ein Freund tröstet seinen Freund durch einen Brief, der viele Königreiche durchwandert, mitten durch feindliche Nationen hindurch weiterbefördert wird und anlangt, um einem einzigen Menschen Freude und Hoffnung zu bringen: Warum sollte der höchste Beschützer der Unschuld nicht auf unerkanntem Weg einer tugendhaften Seele, die ihr Vertrauen einzig und allein auf ihn setzt, zu Hilfe kommen können? Hat er nötig, sich irgendeines äußeren Mittels zu bedienen, um seinen

Willen zu vollziehen, er, der in allen seinen Werken unaufhörlich durch eine innere Tatkraft handelt?

Warum also Träume bezweifeln? Ist das mit vielen vorübergehenden und eitlen Plänen erfüllte Leben etwas anderes als ein Traum?

Wie dem auch sei, die Träume meiner unglücklichen Freundinnen gingen bald in Erfüllung. Paul starb zwei Monate nach dem Tod seiner teueren Virginie, deren Namen er unablässig auf den Lippen führte. Marguerite sah acht Tage nach dem Tod ihres Sohnes ihr Ende mit einer Freude herankommen, die zu empfinden nur der Tugend eigen ist. Sie nahm von Mme de la Tour den zärtlichsten Abschied in der Hoffnung, wie sie sagte, einer süßen und ewigen Wiedervereinigung.

„Der Tod“, fügte sie hinzu, „ist das größte der Güter, man muß ihn herbeisehnen. Wenn das Leben eine Strafe ist, so muß man ihr Ende wünschen; ist es eine Prüfung, so muß man bitten, daß sie kurz sei.“

Die Statthalterschaft übernahm die Sorge für Domingo und Marie, die nicht mehr imstande waren zu dienen und die ihre Gebieterinnen nicht lange überlebten. Der arme Fidèle starb an Entkräftigung fast zu derselben Zeit wie sein Herr.

Ich nahm Mme de la Tour, die bei so furchtbaren Verlusten eine unglaubliche Seelengröße bewies, zu mir in mein Haus. Sie hatte Paul und Marguerite bis zum letzten Augenblick getröstet, als hätte sie selbst nur deren Unglück zu tragen. Als sie sie nicht mehr sah, sprach sie mit mir täglich von ihnen wie von geliebten Freunden in der Nachbarschaft. Sie überlebte sie indessen nur einen Monat. Was ihre Tante betraf, so war sie weit entfernt, sie als die Ursache ihrer Leiden anzuklagen, sie bat Gott vielmehr ihr zu verzeihen und die schreckliche Seelenangst zu lindern, in die sie, wie wir erfuhren, unmittelbar nachdem sie Virginie auf so unmenschliche Weise zurückgeschickt hatte, verfallen war.

Diese unmenschliche Verwandte trug die Strafe ihrer Härte nicht lange. Ich erfuhr von mehreren Schiffen, die nacheinander ankamen, daß sie an Anfällen litt, die ihr das Leben wie den Tod gleich unerträglich machten. Bald machte sie sich das vorzeitige Ende ihrer liebenswürdigen Großnichte und den Tod ihrer Mutter, der bald darauf erfolgt war, zum Vorwurf; bald freute sie sich darüber, zwei Unglückliche von sich entfernt zu haben, die, wie sie sagte, durch die Niedrigkeit ihrer Neigungen der Familie nur Schande gemacht hätten. Bisweilen geriet sie in Wut beim Anblick der vielen Unglücklichen, von denen Paris erfüllt ist, und rief aus:

„Warum schickt man diese Müßiggänger nicht in unsere Kolonien, damit sie dort zugrunde gehen?“

Dazu behauptete sie, die von allen Völkern angenommenen Ideen von Menschlichkeit, Tugend, Religion seien nur Erfindungen der Politik ihrer Fürsten. Dann warf sie sich plötzlich in das entgegengesetzte Extrem und überließ sich abergläubischen Schreckbildern, die sie mit tödlicher Angst erfüllten. Sie brachte reichen Mönchen, die sie anleiteten, verschwenderische Almosen und flehte sie an, die Gottheit durch die Opfergaben von ihrem Reichtum zu versöhnen, als wenn Gaben, die sie den Unglücklichen versagt hatte, dem Vater der Menschen gefallen könnten! Oft führte ihre Einbildung ihr brennende Felder, glühende Berge vor, in denen scheußliche Gespenster umherirrten und sie mit wüstem Geschrei beim Namen riefen. Dann warf sie sich ihren geistlichen Führern zu Füßen und ersann für sich selbst Qualen und Strafarten; denn der Himmel, der gerechte Himmel, gibt grausamen Seelen furchtbare Religionsübungen ein.

uf diese Art brachte sie mehrere Jahre zu, bald Atheistin, bald abergläubische Frömmlerin, und hatte gleichen Abscheu vor dem Tod wie vor dem Leben. Was aber das Ende eines so jämmerlichen Daseins beschleunigte, war derselbe Grund, dem sie ihre natürlichen Gefühle zum Opfer gebracht hatte. Sie erfuhr den Verdruß, sehen zu müssen, daß ihr Vermögen nach ihrem Ableben auf Verwandte übergehen würde, die sie haßte. Sie suchte also den besten Teil desselben zu veräußern; jene aber

gebrauchten die Krampfanfälle, denen sie unterworfen war, zum eigenen Vorteil, ließen sie als verrückt einsperren und ihr Vermögen unter Aufsicht stellen. So vollendete denn der Reichtum ihr Verderben. Und wie dieser das Herz seiner Besitzerin verhärtet hatte, so entstellte er die Herzen derjenigen zur Unnatur, die so gierig danach verlangten. So starb sie, und was den Gipfel ihres Leidens ausmachte, war, daß sie mit hinlänglichem Gebrauch ihrer Vernunft starb, um zu erkennen, daß sie von denselben Personen, deren Meinungen ihr ganzes Leben beherrscht hatten, ausgeplündert und verachtet wurde.

Neben Virginie, unter demselben Rohrgebüsch, hat man ihren Freund Paul bestattet, und in der Nähe ihre zärtlichen Mütter sowie ihre treuen Diener. Kein Marmorstein wurde auf ihren bescheidenen Rasenhügeln errichtet, keine Inschrift preist ihre Tugenden, aber ihr Andenken steht unverlöschbar in den Herzen derer, die sie sich zu Dank verpflichtet haben. Ihre Schatten bedürfen nicht des Glanzes, den sie selbst im Leben vermieden. Wenn sie aber in irgendeiner Weise noch teilnehmen an dem, was auf der Erde vorgeht, so werden sie ohne Zweifel gern unter dem Dach jener Hütten verweilen, welche die arbeitsame Tugend bewohnt; werden gern die mit ihrem Los hadernde Armut trösten; gern in jungen Liebenden eine ausdauernde Flamme, den Geschmack für die Gaben der Natur, die Liebe zur Arbeit und die Scheu vor dem Reichtum nähren.

Die Stimme des Volkes, die über Monumente, die dem Glanz der Könige errichtet werden, schweigt, hat einigen Stellen auf dieser Insel Namen gegeben, die den Verlust Virginies verewigen werden. Man erblickt nahe bei der Insel Ambra mitten unter Klippen eine Stelle, genannt „Passage der St-Géran", nach dem Namen des Schiffes, das sie aus Europa zurückbrachte und dort unterging. Das äußerste Ende jener langen Landspitze, die Ihr etwa drei

Meilen weit von hier seht, halb verdeckt von den Fluten des Meeres, und welche die „St-Géran“ am Abend vor dem Orkan nicht umsegeln konnte, als sie in den Hafen gelangen wollte, heißt „Das unglückliche Vorgebirge“, und hier vor uns, am Ende jenes Tälchens, liegt die „Grabesbucht“, wo Virginie im Sand vergraben aufgefunden wurde, als ob das Meer ihrer Familie den Körper hätte zurückbringen und ihrer Schamhaftigkeit die letzte Pflicht an denselben Ufern erweisen wollen, die sie durch ihre Unschuld geehrt hatte.

Junge Seelen, so innig vereinigt! Unglückliche Mütter! Teure Familie! Diese Gebüsche, die euch Schatten gaben, diese Brunnen, die für euch flossen, diese Hügel, wo ihr beisammen ruhtet, klagen noch jetzt um euren Verlust. Seit eurem Hinscheiden hat niemand gewagt, diesen verödeten Landstrich zu bebauen, noch diese niederen Hütten wiederaufzurichten. Eure Ziegen sind verwildert, eure Pflanzungen sind verwüstet, eure Vögel sind entflohen, und man hört nur noch das Geschrei der Sperber, die über diesem Felsenbecken ihre Kreise ziehen. Seitdem ich euch nicht mehr sehe, bin ich selbst wie ein Freund ohne Freunde, wie ein Vater, der seine Kinder verloren hat, wie ein Wanderer, der auf der Erde umherirrt, auf der ich allein übriggeblieben bin.

Nach diesen Worten entfernte sich der gute Alte, Tränen vergießend; und meine eigenen waren mehr als einmal geflossen während seiner traurigen Erzählung.

Nachwort

Ich fühle, also bin ich.
Bernardin de Saint-Pierre,
„Etudes de la nature“

Der Roman *Paul et Virginie* von Jacques-Henri Bernardin de Saint-Pierre, erschienen 1788, teilt das Schicksal eines anderen berühmten Werkes der Weltliteratur. Wie Jonathan Swifts *Gulliver's Travels* (1726) galt das Buch über die beiden Kinder seit der Mitte des 19. Jahrhunderts als Kinderbuch und erschien – wie Swifts großes Werk – in gereinigten Ausgaben *ad usum Delphini*, zum Teil sogar mit umrißhaften Illustrationen, welche die jungen Leser selbst farbig ausmalen konnten. Heute ist es völlig unverständlich, was Anstoß an dieser Idylle erregen könnte. Die literarischen Inquisitoren in Gestalt pietistischer Pfarrer ließen dem Autor indessen die Erwähnung körperlichen Wohlbefindens nicht durchgehen, und sei es nur das der Vögel in ihren Nestern. Darüber hinaus haben viele Bearbeiter des Romans in ihren freien Nachdichtungen versucht, ihm einen undramatischen, positiven Schluß zu geben, gleichgültig, ob die Lektüre für Erwachsene oder für Kinder gedacht war.

Für Bernardins Zeitgenossen Chateaubriand war *Paul et Virginie* ein christliches Buch schlechthin; am

8. Juli 1894, dem Tag der hl. Virginie, verfaßte Francis Jammes ein Gedicht über die Romangestalt von Bernardin; F. Reil nannte den Roman in seiner freien Nachdichtung „Ein Gemählde guter Menschen". Vielfach ist *Paul et Virginie* selbst der Bibel in der moralischen Wirkung an die Seite gestellt worden, so 1867 bei Lamartine: „Depuis l'Evangile, qui avait ainsi parlé?"

*

Jacques-Henri Bernardin de Saint-Pierre wird am 19. Januar 1737 in Le Havre geboren. Nach der Lektüre von *Robinson Crusoe* beschließt er mit 12 Jahren, zur See zu fahren; auf dem Schiff seines Onkels, der Kapitän ist, gelangt er nach Martinique. Aber das maritime Abenteuer kühlt seine Begeisterung für ein Leben gleich seinem Lese-Helden merklich ab. Während der Schulzeit tut er sich besonders in der Mathematik hervor, und so tritt er in die Ecole des Ponts et Chaussées ein, die Ingenieurschule für Brücken- und Straßenbau. Später erhält er ein Diplom als Militäringenieur.

1760 nimmt Bernardin in Deutschland am Siebenjährigen Krieg teil. 1761 ist er auf Malta mit Landvermessung und dem Zeichnen von Landkarten beschäftigt. Indessen sind diese nur kurze Zeit währenden Tätigkeiten mehr oder weniger brotlose Künste: Immer wieder erweist sich Bernardin als äußerst streitbarer, unkonzilianter Charakter, der ständig mit seinen Vorgesetzten auf Kriegsfuß steht und deshalb in keiner Position lange verbleibt. Privatstunden in Mathematik sichern ihm in Paris ein mehr als kärgliches Auskommen, zeitweise bewohnt er einen Speicherraum in einem der ärmsten Viertel der Hauptstadt. Er ergreift die Chance, in Amsterdam als Journalist zu arbeiten, reist aber bald weiter nach Rußland, wo zu dieser Zeit alle Westeuropäer willkommen sind, die ihre Fähigkeiten und Fertigkeiten in den Dienst der Kultivierung des Landes stellen wollen.

In Rußland ist Bernardin Unteroffizier im Geniecorps unter der Protektion des französischen Botschafters. Nach Finnland entsandt, entwickelt er Pläne für ein Verteidigungssystem. Wieder in Moskau, drängt man ihn zu einer standesgemäßen Heirat, aber er verläßt die Stadt überstürzt und fährt nach Warschau, wo man ihn für einen Geheimagenten hält. Er verliebt sich in die polnische Prinzessin Marie Mesnik, wird aber von ihr abgewiesen. Die wechselseitige Korrespondenz erstreckt sich jedoch noch über viele Jahre. – Eine Reise nach Wien folgt. Dann geht es von Warschau aus nach Dresden sowie Berlin und zurück nach Paris.

Am Jahresende 1767 wird Bernardin zum Königlichen Ingenieur-Hauptmann ernannt und nach Madagaskar entsandt. Eigenmächtig fährt er zur Ile-de-France (heute Mauritius) im Indischen Ozean weiter.

Dort bleibt er vom 14. Juli 1768 bis zum 9. November 1770 als *officier hors cadre* (d. h. er steht nicht auf der offiziellen Offizier-Liste), ist mit der Reparatur von Schiffen beschäftigt und treibt intensive Naturstudien. Aus seinen Briefen geht hervor, daß die Insel für ihn keineswegs ein Idyll ist, wie es dem Leser nach der Lektüre von *Paul et Virginie* scheinen möchte. Bernardin leidet sehr stark unter der Hitze und der Trokkenheit, das Land erscheint ihm unwirtlich und rauh und die Bewohner und Kolonisatoren ungehobelt und nur auf den eigenen Vorteil bedacht. An die russische Zarin, der er in Moskau vorgestellt worden war, schreibt er: „Die Landschaft hier ist ohne Grün, die Fußwege ohne Bäume, der Hafen ohne Schiffe und der Handel ohne Geld. Alles ist sehr teuer. Schließlich (...) kenne ich kaum einen anderen Ort der Welt, der geeigneter wäre, einen Menschen der Philosophie geneigt zu machen; unwillkürlich widmet man sich der Zurückgezogenheit, der Enthaltsamkeit und allen Tugenden, die hier zählen."

Nach Frankreich zurückgekehrt, erwartet Bernardin die gewohnte materielle Not. Er lernt Jean-Jacques Rousseau kennen, dessen treuester „Parteigänger" er wird. Von ihm wird er zum Schreiben angeregt, und so veröffentlicht Bernardin als erste schriftstellerische Arbeit: *Voyage à l'île de France* (1773). Die in diesem Buch mitgeteilten Naturbeobachtungen (die eine bemerkenswerte Neuheit in dem damals beliebten Genre der Reisebeschreibungen darstellen) bilden später in vielfältiger Weise die Grundlage der Landschaftsbeschreibungen in *Paul et Virginie*. Das Buch wird indessen vom Publikum kaum zur Kenntnis genommen; gleichwohl rückt es den Autor in das Interesse einiger literarischer Salons, und er wird gebeten, daraus vorzulesen, so im Salon der Mme Necker, der Frau des französischen Finanzexperten und späteren Finanzministers Jacques Necker.

Bei Didot le jeune erscheinen 1784 in drei Bänden die *Etudes de la nature*, die das naturphilosophische und -wissenschaftliche Gedankengebäude von Bernardin umfassend darstellen. Die *Etudes* haben großen Erfolg und entheben Bernardin endlich seiner finanziellen Misere. 1788 erscheinen die *Etudes* bereits in dritter Auflage; ihr ist ein vierter Band beigefügt, der eine Überführung der theoretischen philosophischen Ideen in ein literarisches Beispiel zeigt: *Paul et Virginie*. Auf Anraten von Freunden hatte Bernardin den Roman nicht in die ersten beiden Auflagen aufgenommen. Zum erstenmal vorgelesen wurde *Paul et Virginie* im Salon von Mme Necker und stieß dabei auf völlige Ablehnung. Marmontel, Saint-Lambert, La Harpe, Buffon, Abbé Galiani und andere literarische und gesellschaftliche Größen der Zeit zeigten nur „gähnende Langeweile", so daß Bernardin nahe daran war, das Manuskript zu vernichten. Daß er es gleichwohl zum Druck gab, verdankt er wiederum dem

Rat von Freunden. Federführend war dabei der Schiffsszenen- und Seestückemaler Joseph Vernet (1714–1789), der an den frühesten Stichen zu *Paul et Virginie* beteiligt war.

Waren die bisherigen Werke von Bernardin nur den gebildeten Ständen bekannt, wird er jetzt zum Favoriten eines großen Leserkreises: *Paul et Virginie* wird zu einem der meistgelesenen Bücher der Epoche und darüber hinaus.

Die Ideen der Französischen Revolution entsprechen den Überzeugungen Bernardins, er ist Mitglied der Volksversammlung seines Stadtbezirkes. 1790 wird er zum Direktor des Botanischen Gartens und des Naturgeschichtlichen Kabinetts ernannt. Im gleichen Jahr erscheint die Erzählung *La chaumière indienne* (Die indische Hütte). 1793 ist Bernardin Professor für Sittenlehre an der Ecole Normale Supérieure; 1795 wird das Institut de France gegründet, die nationale Körperschaft für Wissenschaft und Kunst: Bernardin ist dabei. 1802 schließt er sich Napoleon an, der ihm eine Pension gewährt und ihn in die Ehrenlegion aufnimmt. 1803 wird Bernardin zum Mitglied der Académie Française gewählt, deren Präsident er 1807 ist. Die schriftstellerische Tätigkeit gilt in diesen Jahren den *Harmonies de la nature*, einer philosophischen Überhöhung der *Etudes*; das Werk erscheint postum.

Am 21. Januar 1814 stirbt Bernardin de Saint-Pierre auf seinem Landsitz in Eragny-sur-Oise im

Alter von 77 Jahren. 1852 wird ihm ein Denkmal in Le Havre errichtet. Ein weiteres im Jardin des Plantes in Paris zeigt ihn mit seinen Romangestalten Paul und Virginie.

*

Wie jedes anerkannte Werk der Weltliteratur hat auch *Paul et Virginie* bald die Kunst der Interpreten und Kritiker auf den Plan gerufen. Im Bewußtsein, daß der Verfasser selbst auf Ile-de-France gelebt hatte, schlug das Interesse am literarischen Geschehen sehr bald in eine Art Biographismus um, und man war darauf aus, hinter den Personen des Romans Vorbilder aus der Umgebung Bernardins zu entdekken und zu erforschen, wie naturgetreu er die Schauplätze auf Ile-de-France aufgezeichnet hat. Der Verfasser selbst, der fast 20 Jahre lang an seinem Manuskript gearbeitet hat, leistete einer solchen Art der Interpretation Vorschub, indem er im Vorwort vermerkte: „Indessen brauchte ich nicht erst einen Roman zu dichten, um ein paar glückliche Familien zu schildern, und ich kann versichern, daß die, von welchen hier die Rede sein wird, wirklich gelebt haben und ihre Geschichte in den Hauptbegebenheiten wahr ist; mehrere Einwohner, die ich auf Ile-de-France kennenlernte, haben mir das bestätigt. Nur einige unbedeutende Umstände habe ich hinzugefügt, welche übrigens, sofern sie auf mich Bezug haben, ebenfalls wahr sind."

Natürlich ist es verlockend, den alten Mann, den Erzähler, mit Bernardin zu identifizieren (immerhin war er selbst bei Erscheinen seines Romans 52 Jahre alt). Der Erzähler ist als „Nachbar" bei allen wichtigen Begebenheiten des Romans aktiv dabei und erweist sich – in langen theoretischen Passagen, die formal als retardierende Momente, inhaltlich als theoretische Untermauerung des Geschehens anzusehen sind – als Mentor von Paul, wobei seine Maximen unverkennbar der Lebensauffassung von Bernardin selbst entsprechen. In der Tat zeigt sich der Erzähler als eine Art Robinson Crusoe; er scheint sich das „*Lathe biosas*" des Epikur und die stoische Philosophie des Plutarch aufs Panier geschrieben zu haben, einen extremen Individualismus, der aus Weltkenntnis herrührt und für den Rousseau die Stichworte geliefert hat: „Das wahre Glück besteht im Rückzug auf sich selbst", oder: „Weisheit setzt voraus, daß man sich aus einer Welt zurückzieht, in der man gelitten hat."

Völlig verfehlt ist es hingegen, von dieser fiktiven Ebene auf die Historizität des Geschehens zu schließen. Außer den Schauplätzen, die Bernardin aus eigener Anschauung kannte, ist nur die Romanfigur des M. de la Bourdonnais historisch. Er war von 1737 bis 1746 Gouverneur auf Ile-de-France. Bernardin hat ihn allerdings nie zu Gesicht bekommen.

Auch die Gestalt der Virginie (ursprünglich sollte der Roman *Histoire de Mlle Virginie de la Tour* heißen; die Änderung geschah wohl nach antikem Muster, wie Daphnis und Chloë) wurde vielfach in den weiblichen Bekanntschaften von Bernardin gesucht. Er soll hier Charakterzüge der polnischen Prinzessin Marie Mesnik gestaltet haben, darüber hinaus von Mlle de la Tour, einer Nichte des Generals du Bosquet, von einer Mlle Caillou, einer jungen Kreolin von der Ile-de-France, die von ihrer Mutter zur Erziehung nach Frankreich geschickt worden war. Bei ihrer Rückkehr kenterte das Schiff – den Berichten nach –, und Mlle Caillou ertrank, weil sie sich nicht entkleiden wollte, um an Land schwimmen zu können. Diese frappierende Übereinstimmung mit Virginies Tod spricht für sich; ins Reich der Fabel gehört jedoch Virginie von Taubenheim, die während der Berliner Zeit von Bernardin angeblich dessen Frau werden sollte. Neuere Forschung belegt, daß es keine Person dieses Namens gegeben hat (wohl aber eine Familie von Taubenheim, die Bernardin gekannt hat). Virginie von Taubenheim entpuppt sich als eine Erfindung von L. Aimé-Martin, dem Nachlaßverwalter und Herausgeber der „Gesammelten Werke" von Bernardin, der überdies dessen Witwe heiratete.

Virginie – der Name erinnert auch an den römischen Virginia-Stoff, wie ihn später Lessing in *Emilia Ga-*

lotti wiederaufgenommen hat: Ein Vater ersticht seine Tochter, um ihre Unschuld zu bewahren. Das Attribut der Jungfräulichkeit eignet auch der Gottesmutter Maria; nicht von ungefähr haben deshalb einige englische Bearbeiter von *Paul et Virginie* den Namen Virginie durch Mary ersetzt. Den Roman als ganzen im Hinblick auf die verführte Unschuld interpretieren zu wollen – und dazu noch mit einem tiefenpsychologischen Instrumentarium –, führt indessen zu weit. Abgesehen davon, daß man hierbei moderne Erkenntnisse auf einen Autor transportiert, der ganz im Geist der eigenen Epoche geschrieben hat, und man die einzelnen Romanszenen sich in einer Art Auflesetechnik des gerade Passenden zu eigen macht, wird bei einer auf das Ganze zielenden Betrachtung mit Händen greifbar, daß es sich bei *Paul et Virginie* um eine Liebesgeschichte nach klassischem Muster handelt.

Zu Bernardins früher Jugendlektüre gehörten vor allem Heiligenlegenden, unter anderen die des Einsiedlers Paul. Darüber hinaus zählte zu seiner Bekanntschaft ein Wandermönch gleichen Namens. Bernardin äußerte als Kind selbst den Wunsch, Einsiedler oder Märtyrer zu werden. Was lag vor diesem Hintergrund näher, als anzunehmen, er habe sich in Paul verkörpern wollen und stelle sich im Roman gleich zweifach vor: als gesetzten, lebenserfahrenen Mann, der sich auf eine einsame Insel zurückgezogen hat, und als Jüngling, dem durch widrige Umstände versagt ist, seine Gefühle ausleben zu können . . . gleichsam als ob Bernardin seine eigene Jugend im Roman idealisiert darstellen wolle. So ist es kaum verwunderlich, daß spätere Herausgeber des Romans in ihren Vorworten Bernardin zum jungen Mann stilisierten und ihm einen überaus edlen Charakter zuschrieben (das Gegenteil war der Fall).

Als historisches Ereignis, auf das Bernardin für seinen Roman zurückgreifen konnte, ist der Untergang eines Schiffes vor Ile-de-France überliefert, dessen Namen der Autor übernommen hat: Die „St-Géran" sank am 17. Juli 1744 bei ruhigem Wetter infolge eines Navigationsfehlers (Mauritius ist von einem fast vollständigen Ring von Korallenriffen umgeben). Der Schiffbruch wurde erst drei Tage später von den Inselbewohnern bemerkt. Bernardin übernimmt in seinen Roman den ungefähren Ort des Unglücks; er läßt das Schiff allerdings in der stürmischen Jahreszeit kentern, genau am Weihnachtstag 1744. Der Kapitän der wirklichen „St-Géran" hieß Delamarre, im Buch heißt er Aubin. Die historische Katastrophe kann Bernardin, der rund 25 Jahre später auf die Insel kam, nur vom Hörensagen gekannt haben, denn die schriftlich niedergelegten Aussagen der Überlebenden wurden erst 1821 wiederaufgefunden. Der Dichter läßt den Untergang vor großer Kulisse, fast opernhaft stattfinden; damit wird das Geschehen ebenso spannend wie tragisch. Wahrscheinlich hat er selbst am 23. und

24. Dezember 1768 ein Unwetter auf Ile-de-France miterlebt.

Festzuhalten ist, daß die Romanhandlung fast ausschließlich dichterischer Phantasie verpflichtet ist. Gleichwohl gibt zum Beispiel die Exaktheit der geographischen Namen (bei nicht immer stimmigen Entfernungsangaben) dem Roman einen Anstrich von Realität, der viele Interpreten dazu veranlaßt hat, diesen Teilaspekt auf das Ganze zu übertragen. Die Quellen des Romans sind aber weniger in derartigen Äußerlichkeiten als in den zeitgenössischen philosophischen und literarischen Strömungen zu suchen.

Wie in einer Art „prästabilierten Harmonie" im Leibnizschen Sinn erscheint für Bernardin die Natur als „heile Welt". Auch der Mensch ist in seinem leibseelischen Dasein intakt, sofern er sich der Natur unterordnet und nicht störend in sie eingreift. Geschieht dies, verwandelt er die Natur zur Zivilisation mit allen den Auswüchsen, die besonders im Dialog des Alten und Pauls bloßgestellt werden. Hier zeigt sich, daß der von Rousseau im ersten *Discours* geprägte Gegensatz von Natur und Kultur von Bernardin zur Unvereinbarkeit von Natur und Zivilisation erweitert wird; als Konsequenz dieser Erkenntnis hat sich der Erzähler in die Wälder einer einsamen Insel zurückgezogen. Diese Selbstbeschränkung und das Leben in und mit der Natur gelten ihm als Basis persönlichen Glücks. Der Erzähler „predigt" die Wiedergewinnung der Menschlichkeit, die den Abbau aller „Vorurteile“, aller Konventionen der menschlichen Zivilisation voraussetzt und Lüge und Berechnung durch Güte und Empfindsamkeit, Besitzstreben durch gegenseitige Hilfe, gesellschaftliche Anerkennung durch Unabhängigkeit ersetzt. Durch diese utopischen Vorstellungen wird der Erzähler aber auch zu einer tragischen Gestalt: Ihm bleibt keine andere Wahl, als sich in die Wälder zurückzuziehen (heute würde man sagen: ein alternatives Leben zu führen).

Bernardin selbst nennt seinen Roman eine Pastorale und scheut sich in seinem Vorwort zur Prachtausgabe von 1806 nicht, sich selbst als Theokrit oder Vergil (die er im Roman zitiert) der Tropen zu bezeichnen; ja er erkennt seinem Werk klassischen Rang zu, da er die *Locus-amoenus*-Tradition der Griechen und Römer im Hinblick auf die exotischen Weltgegenden weiterentwickelt habe. Mit der Bezeichnung „Pastorale“ kann dabei natürlich nur der erste Teil des Romans belegt werden, bis zu der Stelle, als sich der Erzähler noch einmal persönlich an den Zuhörer wendet in der Meinung, dieser sei am tragischen Ende der Geschichte wohl kaum interessiert.

Bernardin hat die *Daphnis und Chloë*-Übersetzung von Amyot gekannt. Es gibt Passagen in seinem Werk, die deutliche Anspielungen auf Longos erkennen lassen, zum Beispiel die breitangelegte Naturschilderung am Anfang. Selbstverständlich waren ihm auch die *Idyllen* von Geßner vertraut. Ganz allgemein war die Pastorale eine hochgeschätzte Gattung im vorrevolutionären Frankreich, in der Literatur wie in der Malerei und der Musik. Sie konnte ohne weiteres auch Elemente des Märchens aufweisen: Ist es etwa kein Märchenmotiv, wenn Paul und Virginie nach ihren Gebeten zu Gott mit einer fast „schlagartigen“ Erhörung gerettet werden? In der Malerei lassen sich pastorale Konstellationen wesentlich leichter festhalten als in der Literatur, die immer eine Entwicklung über einen längeren Zeitraum zeigen muß. Bei Bernardin kommt diese Entwicklung im wesentlichen von außen: Die Charaktere des Romans sind festgelegt und wandeln sich nicht. Mme de la Tour bleibt auch in der Idylle von Stand; die Insel ist für sie eine Art Exil, nicht etwa das gelobte Land. Sie legt die Standesgewohnheiten und die Sehnsucht nach Frankreich innerlich nicht ab, und diese Tatsache führt letztlich zur Katastrophe. Als Virginie sich ihr anvertrauen will, versagt die Adlige, verweist auf das Jenseits und flüchtet sich schließlich in pseudo-pädagogische Überlegungen zum Wohl ihrer Tochter bzw. beider junger Menschen, die völlig im Gegensatz zu dem natürlichen Leben stehen, das sie bisher geführt haben. Ihren Standesgewohnheiten entspricht es auch, daß sie sich nicht im geringsten um die Trauerfeier und die Beerdigung ihrer Tochter bemüht. Marguerite, die Bürgerliche, lebt – wie die Kinder – in glücklicher Unwissenheit. Sie sorgt für ein bescheidenes Wohlergehen, wie es etwa in den biblischen Pantomimen gezeigt wird, in denen Wasser und Brot die Themen sind. Die beiden Sklaven Marie und Domingo erinnern entfernt an die literarische Figur des „edlen Wilden“, die Bernardin in seiner Erzählung *La chaumière indienne* von 1790 thematisiert hat.

Paul und Virginie erhalten keine Erziehung im bürgerlichen Sinn. Sie lernen aus der Natur und aufgrund eigener Erfahrungen, daß es richtig ist, das Gute zu tun, ansonsten sind sie „unwissend wie die Kreolen“. Wie die weiblichen Figuren in Richardsons Romanen ist Virginie eine Verkörperung des Ideals der *sensibilité*, in ihrer Zuvorkommenheit den Mitmenschen gegenüber ein Vorbild für den Freundschaftskult dieser Zeit. Mit einer unnatürlichen Denkart wird sie – abgesehen von dem Erlebnis mit dem Plantagenbesitzer – zum erstenmal konfrontiert, als sie sich ihrer Mutter anvertrauen will. Ihr abgebrochenes nächtliches Bad in der Quelle erweist sich als erstes Erwachen der Individualität (diese Passage steht im französischen Original im Präsens!). Paul ist und bleibt der rechtschaffene, fleißige junge Mann, der sich an seinen Fertigkeiten erfreut und schockiert ist, als er erfährt, daß diese Art der Arbeit im „zivilisierten“ Teil der Welt wenig geschätzt wird. Die Bildung, die er sich aneignet, ist für ihn nur notwendig zum Erreichen seines Zieles, „natürlich“ ist sie nicht.

Mit *Paul et Virginie* hat Bernardin de Saint-Pierre einzelne Züge der Philosophie Rousseaus popularisiert. Waren die gesellschaftskritischen Werke der Aufklärung eher satirischer (wie bei Voltaire und Diderot) oder wissenschaftlicher Art (wie bei Montesquieu) und wurden sie daher fast ausschließlich von den Intellektuellen gelesen, so brachte Bernardin durch die Einbettung in eine Liebesgeschichte seine Philosophie einem großen Leserkreis nahe. Er erfaßt darin mit großem Einfühlungsvermögen den Zeitgeist vor der Revolution: Rebellion gegen die Auswüchse der feudalen Gesellschaft bei gleichzeitiger Sehnsucht nach Geborgenheit in natürlicher Mitmenschlichkeit. Im Kontrast zur Idylle wirkt der Affront gegen die Gesellschaft, die rationale Wissenschaft, die Sklaverei und die Amtskirche noch massiver. Kann man sich eine lächerlichere Gestalt vorstellen als die des Missionars, der – offenbar auf Weisung des Gouverneurs handelnd – zur Karikatur wird vor dem Hintergrund des dramatischen Geschehens? Und daß Virginies unmenschliche alte Tante reichen Mönchen zur Linderung ihrer Seelenqual verschwenderische Almosen zuträgt, ist der Gipfelpunkt der Kritik am Klerus.

Diesen Tatsachen diametral gegenüber steht für Bernardin die Religion selbst. Verweise auf das Jenseits, Pantomimen nach Erzählungen aus dem Alten Testament, Anbetung Gottes eher in der Natur als in der Kirche: Dies alles bedeutet eine Abkehr vom traditionellen Christentum und die Hinwendung zu einer Naturreligion, die durch die exotische Flora nur desto stärker befördert wird. Letztlich gründet sich der hier verbreitete Glaube auf die drei Faktoren Mensch, Natur und Gott. Zu einem natürlichen Wohlwollen zwischen den von Natur aus gleichen Menschen kommt ihre Harmonie mit der sie umgebenden Natur, eingebettet in eine göttliche Vorsehung. In dieser Hinsicht ist der Roman nicht nur Schilderung eines harmonischen Lebens in einer paradiesischen Natur, sondern auch eine eigenwillige Art der Theodizee.

*

Paul et Virginie hat das gesamte übrige Werk von Bernardin de Saint-Pierre in Vergessenheit geraten lassen. Seit der Erstveröffentlichung von 1788 wurde der Roman in über 280 französischsprachigen und in rund 260 fremdsprachigen Ausgaben herausgebracht, darunter in der Kunstsprache Esperanto. Die erste deutsche Übersetzung stammt von 1791; bisher erschienen rund 40 deutsche Ausgaben.

Das Buch des Zweiundfünfzigjährigen hat besonderen Eindruck auf jugendliche Leser gemacht, so auf Napoleon, der es während der Zeit seiner Verbannung auf St. Helena zum zweitenmal gelesen hat und es mit Goethes *Die Leiden des jungen Werthers* auf eine Stufe stellt. 1806 hatte Bernardin ihm persönlich die im gleichen Jahr erschienene Prachtausgabe überreicht. Auch Joseph Bonaparte hat sich vielfach lobend über den Roman geäußert. 1793 sprach der damals 15jährige Louis Bonaparte dem Autor seine Anerkennung aus. Bernardin selbst teilt mit, daß er nach dem Erscheinen von *Paul et Virginie* mehr als 4000 Briefe erhalten habe. Reisende auf Ile-de-France verwendeten das Buch bald als eine Art Reiseführer, ja, Bernardin erhält von dort sogar die Nachricht, Domingo sei noch am Leben! Im Vorwort zur Ausgabe von 1806 weist er darauf hin, daß viele Eltern nach dem Erscheinen des Romans ihren Kindern die Namen Paul und Virginie gegeben hätten, Namen, die man heute noch in Frankreich als Synonyme für „Liebende" verwendet.

Die zeitgenössischen Literaturkritiker standen dem Roman weitgehend positiv gegenüber, allen voran Chateaubriand. Stendhal schreibt 1812 an Félix Faure: „Ich las ... ein paar Zeilen in einer englischen Übersetzung von *Paul et Virginie*, die mich inmitten der allgemeinen Verrohung ein bißchen seelisch aufleben ließen." Später stellten Sainte-Beuve und die Brüder Goncourt Bernardin in eine Reihe mit den größten der französischen Schriftsteller.

Die Anspielungen auf *Paul et Virginie* in der Literatur selbst sind Legion. Madame Bovary liest den Roman ebenso wie Véronique in Balzacs *Le curé de village*, bei beiden Dumas wird er erwähnt, bei Chateaubriand, bei Nodier, bei Gaboriau, bei Lamartine, bei Villiers de l'Isle-Adam unter dem Titel: *Virginie et Paul* und bei vielen anderen. Anatole France gehört zu den Herausgebern des Buches. Zahlreich sind auch die Erwähnungen bei nichtfranzösischen Autoren; so ist zum Beispiel Edgar Allan Poes Erzählung *Eleonora* ganz offensichtlich von *Paul et Virginie* inspiriert worden.

Alexander von Humboldt schreibt 1847 in *Kosmos – Entwurf einer physischen Weltbeschreibung*: „Hier (in *Paul et Virginie*) sind der Anblick des Meeres, die Gruppierung der Wolken, das Rauschen der hohen Palmengipfel mit unnachahmlicher Wahrheit geschildert. Bernardin de St. Pierre's Meisterwerk *Paul und Virginia* hat mich in die Zone begleitet, der es seine Entstehung verdankt. Viele Jahre ist es von mir und meinem teuren Begleiter und Freund Bonpland gelesen worden: dort nun (...) in dem stillen Glanze des südlichen Himmels, oder wenn in der Regenzeit, am Ufer des Orinoco, der Blitz krachend den Wald erleuchtete, wurden wir beide von der bewundernswürdigen Wahrheit durchdrungen, mit der in jener kleinen Schrift die mächtige Tropennatur in ihrer ganzen Eigentümlichkeit dargestellt ist.“ Diese Passage zeigt, daß Bernardin nicht nur wegen seiner literarischen Leistung, sondern auch wegen der exakten und zugleich atmosphärisch richtigen Naturbeobachtung Beifall gespendet worden ist.

Paul et Virginie war darüber hinaus Vorlage für viele Bearbeitungen. Daß dabei im Regelfall keine Werktreue dem Roman gegenüber gewahrt wurde, gehört – zumal bei den Bühnenstücken – zur Natur der Sache. Bereits 1791 erschien eine „Comédie en trois actes“ von Edmond Guillaume François de Favières, zu der Rodolphe Kreutzer einzelne Ariettes vertont hat. Dieses Bühnenstück wurde sehr bald ins Deutsche übertragen und vielfältig aufgeführt, es ist inzwischen aber ebenso vergessen wie die vielen weiteren Bearbeitungen für das Theater, deren letzte die komische Oper *Paul et Virginie* von Jean Cocteau und Raymond Radiguet aus dem Jahr 1963 gewesen ist. Bei den Bearbeitungen zeigen sich vorwiegend zwei Tendenzen: Man wendet das Schicksal der beiden Liebenden zum Guten, Virginie überlebt den Schiffbruch und wird mit Paul auf Ile-de-France oder in Paris glücklich. Andererseits verändert man die Handlung in der Weise, daß sich zwangsläufig eine Fortsetzung ergibt. So ist der reiche Plantagenbesitzer in der Oper von Massé, Barbier und Carré (1876) Nebenbuhler von Paul. Als Virginie nach Paris abgereist ist, folgt er ihr und hält um ihre Hand an. Darüber hinaus hat man zur Veränderung der Handlung neue Personen eingeführt, wie zum Beispiel James Cobb (1800) den Spanier Don Antonio de Guardes, der Virginie sofort heiraten und nach Spanien mitnehmen will.

Eine Ballett-Fassung von *Paul et Virginie* wurde

von 1806 bis 1821 jedes Jahr neu in den Spielplan der Pariser Opéra aufgenommen; mehrere Pantomimen kamen auf die Bühne, es gab Musical-Bearbeitungen und Kasperle-Stücke. Dreimal wurde der Roman verfilmt; der im Jahr 1928 uraufgeführte Film von Robert Péguy wurde an den Originalschauplätzen gedreht.

Viele bildende Künstler haben Illustrationen zu *Paul et Virginie* geschaffen, Jean Michael Moreau le jeune (1741–1814), Pierre-Paul Prud'hon (1758–1823) und Tony Johannot (1803–1852) zum Beispiel. Auch die hier vorliegende Ausgabe zeigt eine der damals beliebten Bilderfolgen, die manchmal sogar als Banderolen auf einer Seite nach Art eines modernen Comic-strip zusammengestellt wurden. Ja, der Roman wurde sogar im modernen Sinn „vermarktet“: Wie es heute etwa T-Shirts mit Paul und Virginie geben würde, wurden damals Tapeten, Bilderbogen und Spielkarten mit den entsprechenden Motiven versehen. Auch *Paul et Virginie*-Taschenkalender sind erschienen. Moderne Illustrierte haben sich mehrfach der Romanfiguren bemächtigt, als ob sie in Wirklichkeit gelebt hätten, und aufwendige Bildberichte („Auf den Spuren von ...“) von Mauritius zum besten gegeben.

Gipfel der Vermarktung war – wie Hinrich Hudde mitteilt – eine „Chambre Paul et Virginie“, 1935 im heute so benannten Musée des arts océanien et africain (früher französisches Kolonialmuseum) eingerichtet. Das Zimmer, das besonders amerikanische Touristen angelockt haben soll, wurde 1960 aufgelöst.

*

Inwiefern ist heute, im Zeitalter pathologischer Selbstverwirklichung und permanenter Beziehungsdiskussion, ein Roman über die erwachende Liebe zweier junger Menschen für den Leser noch attraktiv? Auf der modernen Touristeninsel Mauritius wird wohl kaum jemand noch als „Pilger" sich zu den vermeintlichen Schauplätzen des Geschehens begeben. Bleibt also nur der Ausweg, das weltliterarische Werk als atavistisches Produkt eines Schwärmers im Rousseauschen Sinn anzusehen? Im Gegenteil! Trotz heute verpönter Sentimentalität und allem idyllischen Exotismus spürt der sensible Leser deutlich das Ringen des Autors um die Darstellung einer Sehnsucht, welche die Menschen zu allen Zeiten bewegt hat: die vollkommene Liebe. Ein literarisches Werk mit diesem Inhalt ist immer ein Drahtseilakt über dem Abgrund der Trivialität, dem Bernardin de Saint-Pierre indessen durch das philosophische Gedankengebäude, das die Handlung trägt, und durch seine mitreißenden Naturschilderungen zu entgehen vermag.

Arno Kappler

Zeittafel

1737 Jacques-Henri Bernardin de Saint-Pierre wird am 19. Januar in Le Havre geboren.
Seine Patin, Mme de Bayard, hat größeren Einfluß auf seine Erziehung als die Eltern. B. findet früh Gefallen an romantischer Träumerei und mystischer Exaltation.

1749 Nach der Lektüre von *Robinson Crusoe* schifft er sich mit zwölf Jahren nach Martinique ein, kehrt aber enttäuscht zurück, da die Insel nicht seinen Vorstellungen einer Robinson-Insel entspricht: „Ich hasse das Meer ... ich sterbe vor Heimweh."

1749–1756 Besuch des Gymnasiums bei den Jesuiten in Caen. B. verabscheut die Priester, die Disziplin und das Zusammenleben auf engem Raum; er will Missionar oder Märtyrer werden.

1757 Beendigung der Studien in Rouen; B. erhält einen Preis für besondere Leistungen in Mathematik. Eintritt in die Ecole des Ponts et Chaussées (Ingenieurschule).

1759 B. läßt sich in Versailles ein Diplom als Militäringenieur ausstellen.

1760 Nimmt in Deutschland unter dem Kommando

des Grafen Saint-Germain am Siebenjährigen Krieg teil. Wird wegen Disziplinlosigkeit nach Frankreich zurückgeschickt, wo er völlig mittellos dasteht.

1761 B. wird als Ingénieur géographe nach Malta gesandt. Weil er sein Diplom vergessen hat, wird er nicht als Ingenieur anerkannt. Rückkehr nach Frankreich. Große materielle Sorgen zwingen ihn dazu, Mathematikstunden zu geben.

1762 B. geht nach Amsterdam, wo er journalistisch tätig ist. Nach einigen Monaten Aufenthalt Abreise nach Rußland, zuerst Sankt Petersburg. In Moskau wird er Unteroffizier im Geniecorps unter der Protektion des französischen Botschafters. Er wird Katharina II. vorgestellt.

1763 B. entwickelt hochfliegende Pläne, z.B. den eines Musterstaates am Aral-See. Wird nach Finnland entsandt, um Pläne für ein Verteidigungssystem zu entwickeln.

1764 Geht nach Warschau, nimmt an Verschwörungen teil, wird Geheimagent. Verliebt sich in die polnische Prinzessin Marie Mesnik, die ihn aber verschmäht.

1765 Aufenthalt in Wien, wo sein Wunsch, in den Dienst der französischen Botschaft zu treten, zurückgewiesen wird. Rückkehr nach Warschau. Reise nach Dresden und weiter nach Berlin. Rückkehr nach Frankreich.

1766 B. lebt in Paris. Große materielle Not, vergebliche Suche nach einer Anstellung.

1767 Am Jahresende wird B. zum königlichen Ingenieur-Hauptmann ernannt und nach Madagaskar entsandt. Er landet dort aber nicht und fährt nach Ile-de-France (Mauritius). Dort bleibt er bis zum November 1770 als *officier hors cadre* (d. h. nicht auf der offiziellen Liste stehend). Er ist mit der Reparatur von Schiffen beschäftigt.

1771 Rückkehr nach Paris. Materielle Not; B. ist gezwungen, überall um Geld zu betteln. Besucht den Salon der Mme Lespinasse und die Philosophische Gesellschaft. Beginn der Freundschaft mit Jean-Jacques Rousseau.

1773 Publikation von *Voyage à l'île de France*. Mittlerer Erfolg. Prozeß mit dem Verleger.

1775 Anfang der Streitigkeiten mit den Philosophen.

1776–1778 Jahre materieller Not. Schriftstellerische Arbeit. Der Tod von Rousseau geht B. sehr zu Herzen.

1779 Verteidigt seinen Bruder, der des Verrats beschuldigt und in die Bastille gebracht worden ist. Bruch mit den Philosophen.

1781 Wohnt in einem Speicher, Faubourg Saint-Victor. Schreibt die *Etudes de la Nature*.

1784 Die *Etudes de la Nature* erscheinen in drei Bänden. Der große Erfolg bringt das Ende der materiellen Misere.

1788 Die dritte Auflage der *Etudes de la Nature* erscheint; sie enthält *Paul et Virginie.* Diese Erzählung hatte B. auf Anraten von Freunden aus der ersten Auflage eliminiert.

1789 *Paul et Virginie* erscheint zum erstenmal in einer Einzelausgabe. Während der Revolution ist B. Mitglied der Volksversammlung seines Stadtbezirks.

1790 *La chaumière indienne* erscheint.

1792 B. ist ein Verfechter der Juste-Milieu-Politik. Er wird zur Fête de la Confédération eingeladen. B. wird zum Direktor des botanischen Gartens und des naturgeschichtlichen Kabinetts ernannt. Er wird in den Nationalkonvent gewählt.

1793 B. wird von seinen Ämtern entbunden. Der Konvent billigt ihm eine Entschädigung von 3000 Livres zu. B. heiratet Félicité Didot, Tochter des Druckers der *Etudes.*

1794 Geburt des ersten Kindes. B. wird zum Professor an der Ecole Normale Supérieure ernannt (im Fach „Republikanische Moral“).

1795 Die Ecole Normale Supérieure wird aufgelöst. B. wird zum Mitglied des Institut de France ernannt.

1798 Geburt des Sohnes Paul.

1799 Tod seiner Frau.

1800 B. heiratet Désirée de Pelleporc, die 20 Jahre alt ist.

1802 B. schließt sich Napoléon an. Er erhält eine staatliche Pension.

1803 B. verläßt das Institut und wird Mitglied der Académie Française (Präsident 1807). Subskription für eine Luxusausgabe von *Paul et Virginie.*

1804 Mlle Harvey malt das Bild: B. im Kreis seiner Familie.

1806 B. erhält den Orden der Ehrenlegion. Die Luxusausgabe von *Paul et Virginie* erscheint. B. lebt abwechselnd in Paris und Eragny-sur-Oise.

1812 Sein Plan, Senator zu werden, läßt sich nicht in die Tat umsetzen. Letzte Umarbeitung von *Harmonies de la Nature*; das Buch erscheint erst nach seinem Tod.

1814 21. Januar: B. stirbt in Eragny-sur-Oise.

1852 Zu Ehren von B. wird ein Denkmal in Le Havre errichtet. Später wird im Jardin des Plantes (Paris) ein Denkmal errichtet, das B. mit Paul und Virginie zeigt (heute noch dort).

Anmerkungen

11 *Port-Louis, Ile-de-France*: Die Insel Mauritius (2045 qkm) mit rund einer Million Einwohnern gehört zur Inselgruppe der Maskarenen im Indischen Ozean. 1507/12 von den Portugiesen entdeckt, wurde sie 1598 von den Holländern besetzt und nach dem Prinzen von Maurits von Oranien benannt. 1715 wurde die Insel französisch und in Ile-de-France umbenannt, 1814 trat Frankreich sie an Großbritannien ab. Mauritius wurde 1968 im Rahmen des Commonwealth unabhängig.
Port-Louis (heute in der englischen Schreibweise ohne Bindestrich geschrieben) ist die Hauptstadt der Insel (rund 141000 Einwohner).
Bernardin de Saint-Pierre kannte die Insel aus eigener Anschauung (vgl. Nachwort und Zeittafel); er hielt sich bei der Beschreibung der Schauplätze von *Paul et Virginie* in den meisten Fällen an die topographischen Gegebenheiten – einige Male nimmt er sich allerdings (vor allem, was die Entfernungen betrifft) dichterische Freiheiten. Die von ihm verwandten Namen der Fluren, Gebirge und Flüsse sind bis heute erhalten geblieben, so daß sich der Leser anhand moderner Karten von Mauritius ein Bild von den Schauplätzen des Geschehens machen kann. Da geographische Erklärungen indessen zum Verständnis der Erzählung nichts Wesentliches beitragen, wurden sie nur bei besonders wichtigen Details diesen Anmerkungen beigegeben.

13 *Latanie*: Fächerpalme, verbreitet auf den Maskarenen und an der ostafrikanischen Küste.

25 *Joloffneger*: Negerstamm im westlichen Afrika, bis ins 16. Jh. mit eigenem Staat.

32 *Gestirn der Zwillinge*: Sternbild des nördlichen Himmels mit den beiden Sternen Kastor und Pollux.

34 *Kinder der Leda*: Leda ist im griech. Mythos Gemahlin des Spartaner-Königs Tyndareos; von Zeus in Gestalt eines Schwans gebar sie zwei Eier, aus denen – nach allerdings nicht einhelliger Überlieferung – die Dioskuren (Kastor und Pollux) und Helene hervorgingen.

Kreolen: allgemeiner Begriff für Negersklaven.

38 *ein Paar von Niobes Kindern*: Die Zahl der Kinder der Niobe (Tochter des kleinasiatischen Königs Tantalos) wird unterschiedlich angegeben (je 6–10 Knaben und Mädchen). Niobe rühmte sich der Leto (Mutter von Apollon und Artemis) gegenüber ihres Kinderreichtums; ihre Kinder wurden von Apollon und Artemis erschossen, sie selbst in Stein verwandelt.

40 *M. de la Bourdonnais*: Bertrand François Mahé de la Bourdonnais (1699–1753) war von 1735 bis 1746 Gouverneur der Ile-de-France. Während seiner Amtszeit erlebte sie einen bedeutenden wirtschaftlichen Aufschwung. Heute tragen eine Ansiedlung und ein Flüßchen auf Mauritius seinen Namen.

49 *Tamarinde*: Pflanzengattung der Familie Hülsenfrüchter, bis 25 m hohe tropische Bäume.

50 *Fuß*: Maßeinheit von rund 30 cm.

55 *Ajoupa*: Laubhütte, Negerhütte.

Hirschzungenpflanze: zur Familie Polypodazeen gehörende Farnkrautart.

67 *Agathis*: Koniferenart, die besonders im malaiischen Archipel, in Australien und auf den pazifischen Inseln vorkommt.

68 *Badamien*: Benzoëbäume; von ihnen wird Benzoëharz gewonnen.

Mangobaum: baumförmiges Arkadengewächs mit eßbarer nierenförmiger Steinfrucht.

Avocabaum: zu den Lorbeergewächsen gehörender tropischer Obstbaum mit birnenähnlichen Früchten.

Guajaven: tropische Obstbäume (Gattung der Myrtengewächse) mit birnenähnlichen Früchten.

Brotbäume: zur Familie der Maulbeergewächse gehörend, mit himbeerförmigen, gelblichen Früchten.

Jamrosen: tropische Obstbäume mit süßen, nach Rosen riechenden Früchten.

71 *Pfauenschwanz*: tropischer Strauch mit gelben und roten Blüten.

Tatamaken: harzspendende tropische Bäume, die auch als Bauholz Verwendung finden.

73 *Verse des Horaz*: Quintus Horatius Flaccus, röm. Dichter (65–8 v. Chr.). Vgl. *Oden* I, 3, Verse 2–4.

74 *Vers Vergils*: Publius Vergilius Maro, röm. Dichter (70–19 v. Chr.). Vgl. *Georgica* II, 493.

76 *Angola*: heute Republik an der Westküste Mittelafrikas, früher portugiesische Kolonie.

Foullepointe: Ansiedlung an der Ostküste von Madagaskar.

77 *Frauenhaar*: Farnkraut mit langem Stil und langhaariger Samenkapsel.

Frauenminze: Chrysanthemenart.

78 *Balsamkraut*: Frauenminze, Chrysanthemenart.

Kormoran: Schwimmvogel, Gattung der Ruderfüßer.

Fregatte: tropischer, zu den Ruderfüßern gehörender Vogel mit bis zu 2,30 m Flügelspannweite.

Tropikvogel: zur Gattung der Ruderfüßer gehörender, bis 50 cm langer weißer (teilweise schwarz gezeichneter) Seevogel.

79 *Spottdrosseln*: Familie bis 30 cm langer, gut singender,

spottender (nachahmender) brauner oder grauer Singvögel.

Bengalis: Finkenart (Prachtfinken).

Kardinalvögel: Unterfamilie der Tangaren (finkenartige Singvögel mit rund 45 Arten).

80 *Granaten*: Granatäpfel, Früchte des Granatbaums, der aus Nordafrika stammt. Der Saft der Granaten dient häufig als Grundstoff für Sorbet.

82 *Sorbet*: gekühltes (oft auch halbgefrorenes) Getränk aus Fruchtsaft, Zucker und Wasser.

Zitronatfrüchte: Früchte einer Abart des Zitronenbaums.

85 *Palankin*: Sänfte mit Sonnendach und Vorhängen, von 4–6 Trägern an langen Stangen getragen.

88 *Kaulköpfe*: bis 15 cm lange schleimige Fische mit einem Stachel am Kiemendeckel.

Rotfedern: Weißfischart.

90 *Tamtam*: Negertrommel.

Hirten von Midian, Reguel, Zipora: Vgl. Exodus II, 15 ff.

Ruth: Vgl. das Buch „Ruth" im Alten Testament.

93 *Topas*: blauer oder gelber Edelstein. Der gelbe wird vor allem auf Madagaskar gefunden.

Smaragd: grüner Edelstein.

Ajoupa: Vgl. Anm. zu S. 55.

94 *Maniok*: Wolfsmilchgewächs, Kulturpflanze des Regenwaldes. Das Stärkemehl der Wurzelknollen dient – nach Auswaschen des hochgiftigen Milchsaftes – als Nahrungsmittel (Tapioka). Das Brot aus diesem Mehl heißt Cassavebrot.

98 *Faune*: Faunus ist der altrömische Gott der Viehzucht und des Ackerbaus. Er wurde dem griech. Pan gleichgesetzt und erscheint oft in einer Vielzahl von Faunen.

Dryaden: Baumnymphen.

105 *Kaffer*: Kaffern ist die alte zusammenfassende Bezeichnung

für die Südost-Bantu der Republik Südafrika und von Mozambique.

111 *Einsiedler Paul*: Paulus von Theben, sagenhafter Mönchsheiliger, angeblich 228–341. Der lateinische Kirchenlehrer Hieronymus (347–419) schrieb eine Biographie von Paulus. Kirchliches Fest am 15. Januar.

120 *Piastern*: Silbermünzen im Fernen Osten und Indochina mit vielfach wechselndem Kurswert.

129 *Basins*: Stoff, geköperter Barchent (Baumwollgewebe).
Gudelur: Stadt im Süden Vorderindiens.
Paliacate: indische Stadt im Norden von Madras.
Masulipatam: Hafenstadt an der Ostküste Indiens, Provinz Madras.
Dacca: ehemalige Hauptstadt von Bengalen, heute von Bangla Desh.
Baftas: Kattune mit diversen Druckmustern.
Surate: Stadt im Staat Gudscherat, bedeutendster Seehafen Indiens im 17. Jh. Noch heute Zentrum der Textilindustrie.
Zitze: feiner, bunter Kattun.
Lampas: bunte orientalische Seidenstoffe.
Pekings: dem Taft vergleichbare Seidenstoffe.
Nankings: dichte, glatte Baumwollstoffe von fahler bis rötlich-gelber Farbe.

142 *Apenninen*: Zentralgebirge in Italien.
Kreuz des Südens: Sternbild am südlichen Sternhimmel, besteht aus 11 Sternen.

146 *Bourbon* (Insel): heute Réunion. Die Insel wurde 1505 von dem Portugiesen Mascarenhas entdeckt, ging 1643 in franz. Besitz über und hieß bis 1848 Ile de Bourbon. Seit 1946 ist Réunion französisches Übersee-Departement.

150 *Ambra*: Stoffwechselprodukt des Pottwals, Rohstoff für die Parfümherstellung.

152 *Telemach*: Erziehungsroman von François de Salignac de la Mothe Fénelon (1651–1715), erschienen 1699 unter dem Titel: *Suite du quatrième livre de l'Odyssée d'Homer, ou les avantures de Télémaque, fils d'Ulysse*. Auf der Suche nach seinem Vater Odysseus wird Telemach auf die Insel der Kalypso verschlagen, wo er sich in die Nymphe Eucharis verliebt. Im weiteren Verlauf des Buches verliebt er sich in Antiope, die Tochter des Idomeneus, die er später heiratet.

158 *Skabiosen*: Gattung der Kardengewächse mit langstieligen, korbblütlerähnlichen Blütenköpfen.

186 *Homer*: legendärer Dichter des 8./7. Jhs. v. Chr.

Sokrates: griech. Philosoph, 469–399 v. Chr.

Plato: griech. Philosoph, 428–347 v. Chr.; schrieb philosophische Lehrgespräche, in deren Mitte die idealisierte Gestalt seines Lehrers Sokrates steht.

187 *Pythagoras und die Krotoniaten*: Der griech. Philosoph lebte im 6. Jh. v. Chr. Sein Tod durch die Krotoniaten (Bewohner der griechischen Kolonie in Italien, Sitz der Philosophenschule von Pythagoras) ist Legende. Wahrscheinlich starb Pythagoras zwischen 510 und 480 v. Chr. in Metapont.

189 *Bengalen*: Landschaft im Nordosten Indiens, umfaßt das Mündungsdelta von Ganges und Brahmaputra und das Gebiet ihrer Unterläufe. Bengalen gehört heute zum Teil zu Indien, zum Teil zu Bangla Desh.

200 *Xenophon*: griech. Schriftsteller, 430–um 354 v. Chr. Ließ sich nach seiner Verbannung in Skillus bei Olympia nieder.

Scipio Africanus: der Ältere, röm. Staatsmann, um 235–183 v. Chr. in Liternum, wohin er sich von der aktiven Politik zurückgezogen hatte.

Lucullus: röm. Feldherr, um 117–um 57 v. Chr., führte nach seiner Abdankung aufgrund seines großen Reichtums das sprichwörtlich gewordene „lukullische“ Leben.

Catinat: Nicolas de Catinat, Marschall von Frankreich, 1637–1712.

Musen: Klio (Geschichte), Kalliope (erzählende Dichtung), Melpomene (Tragödie), Thalia (Komödie), Urania (Sternkunde), Terpsichore (Tanz), Erato (Liebesdichtung), Euterpe (Tonkunst), Polyhymnia (Gesang).

Horen: die griech. Göttinnen der Jahreszeiten, Eunomia, Dike und Eirene.

203 *St-Géran*: Der Name und der Untergang des Schiffes sind keine Erfindung von Bernardin de Saint-Pierre. Das Schiff sank am 17. August 1744, um drei Uhr morgens, bei der Insel Ambra. Der Kapitän hieß Delamarre.

208 *Insel Ambra*: kleines Eiland an der Ostküste von Mauritius.

219 *halber Kabellänge*: entspricht rund 90 m.

226 *malabarische Frauen*: Malabar = Pfefferküste, Landschaft an der Südwestküste Vorderindiens.

231 *Kaffernfrauen*: Vgl. Anm. zu S. 105.

253 *Teilchen des Lichts*: Die geradlinige Ausbreitung des Lichtes führte Isaac Newton 1675 zu der Annahme, die Lichtstrahlung bestehe aus kleinen substantiellen Teilchen (Emissionstheorie), die durchsichtige Stoffe durchdringen könnten.

257 *Alexander*: Alexander der Große, König von Makedonien, 356–323 v. Chr.

Cäsar: Gajus Julius Cäsar, röm. Feldherr und Staatsmann, 100–44 v. Chr.

die Scipionen: Publius Cornelius Scipio Africanus der Ältere, röm. Feldherr und Staatsmann, um 235–183 v. Chr.; und Publius Cornelius Scipio Aemilianus Africanus der Jüngere, röm. Feldherr und Staatsmann, um 185–129 v. Chr.

die beiden Catonen: Marcus Porcius Cato der Ältere, röm.

Staatsmann, 234–149 v. Chr.; und Marcus Porcius Cato der Jüngere, Urenkel d. o., Gegner Cäsars, 95–46 v. Chr. *Brutus*: Marcus Iunius Brutus, 85–42 v. Chr., neben Cassius Anführer der Verschwörung gegen Cäsar.

265 *Passage der St-Géran*: „Passe St-Géran" gibt es heute noch als geographische Bezeichnung auf Mauritius.

Inhalt